U0929418

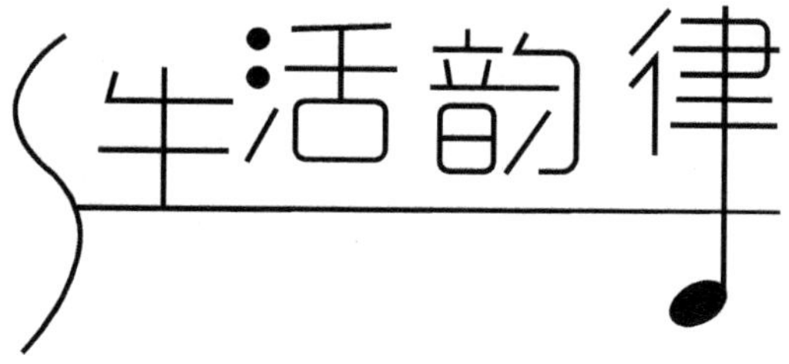

刘德田◎著

图书在版编目（CIP）数据

生活韵律 / 刘德田著. -- 北京：中国文联出版社，2018.6

ISBN 978-7-5190-3729-1

Ⅰ. ①生… Ⅱ. ①刘… Ⅲ. ①诗集－中国－当代 Ⅳ. ①I227

中国版本图书馆CIP数据核字(2018)第135505号

生活韵律

作　　者：刘德田

出 版 人：朱　庆

终 审 人：奚耀华　　复 审 人：陈若伟

责任编辑：卞正兰　　责任校对：刘成聪

装帧设计：杰瑞设计　　责任印制：陈　晨

出版发行：中国文联出版社

地　　址：北京市朝阳区农展馆南里 10 号，100125

电　　话：010-85923055（咨询），85923000（编务），85923020（邮购）

传　　真：010-85923000（总编室），010-85923020（发行部）

网　　址：http://www.clapnet.cn　　http://www.claplus.cn

E－mail：clap@clapnet.cn　　bianzl@clapnet.cn

印　　刷：北京虎彩文化传播有限公司

装　　订：北京虎彩文化传播有限公司

法律顾问：北京市德鸿律师事务所王振勇律师

本书如有破损、缺页、装订错误，请与本社联系调换

开　　本：710×1000　　1/16

字　　数：100千字　　印 张：22

版　　次：2018 年 6 月第 1 版　　印 次：2018 年 6 月第 1 次印刷

书　　号：ISBN 978-7-5190-3729-1

定　　价：46.00 元

contents

目　录

• 生活篇 •

preface

自　序

这是一本关于生活方面的书。

书名取《生活韵律》，意二：一是这本书的内容写的是生活，二是这本书的体裁是律诗。常言生活如诗，然非诗难声韵，非律难典看。

我本不是文字工作者，也不是诗人，基本上一辈子从事海运业，典型的商人。写诗纯因退休后闲而种花养草，望花草而萌句。开始打油，后渐入律，进而享握。本书收集诗词九百余首，均是退休后的作选。

九百多首诗基本上涵盖了日常生活的方方面面。为便于阅读，据内容我把它们分作两部分：山水篇、生活篇。且每部分都按绝、律、词及它们的写作时间顺序排列。生活离不开社会，故将与之相关的部分社会拾趣，我也按上述方法把它们放在了生活篇后。

我写诗词讲究两点：一合实，二合律。

对于合实，古人在这方面是很严格的。王安石和苏东坡合写菊花诗的故事足可证明。这也是我的基点。书中每一首诗词绝大多数是我的经历见闻，描述真实可靠。如山水篇中花草诗，多是我自己退休后种花

究察，由内心萌发而来；山水的描述则多是我的游历。因工作的需要，我到过世界很多地方，尽管说山水，其中也透着生活的影子。工、农、商、学、兵我都做过，尤其从事航商几十年，最后十多年在国外经管一个属于上市公司的中小型国企，我感觉是成功的。公司净资产从创建时上市公司投资借贷的几千万美元到我离任时达几亿美元，且创利缴利累计也达几亿美元，是上级公司投资借贷的十倍。我做人的信条是，为人要厚道，做事要守信。这与现在国内一些商家的不守信是背道而驰的。我觉得不守信，既做不好人，也做不好商。即使暂时成功，终究难免失败。因此，生活篇的取材更源于实际，它是我人生要点的总结，或正或反，真实可靠。

本书诗词的基调是我的历闻，但毕竟要经过语言加工。退休后写诗，始是记录日常中的一些微趣，后加些往事回忆，再后就有些总结创作了。初或几天写一首，后或一天写几首。故细腻中有粗犷，精准中有遗漏，真实中有含蓄，直白中带余味，但绝不会有“冬飘柳絮夏飞雪”之类的臆造。比拟、夸张、人化，甚至借典故（部分有标注）于无形等写作手法也取而用之的，旨在境雅，意善，可读、可鉴。

对于合律，我的理解是，诗词的格律特别是近体诗的格律从唐宋到现在已经一千五百余年了，我们既要发扬光大，又要恪守遵持。语言在发展，韵律肯定也要发展。故今诗词韵律已分两类——旧韵和新韵，双轨制并行。旧韵通常指平水韵，新韵即现代汉语拼音的韵。平水韵由平、上、去、入四种声调组成平仄；平又分上平、下平或叫阴平、阳平，实际上一样就是平声；上、去、入则是仄声。新韵则根据汉语拼音来确定它的平仄，即汉语拼音的第一、第二声为平声，第三、第四声为仄声。汉语拼音里没有入声字，它们归到了汉语拼音的四种声调中去了。古汉语中入声字量还很大，据人统计约占汉字量百分之十五。实际

上，新、旧韵平仄声不同的字还远不止于入声字。因此，当你写诗词的时候，若用平水韵，你就得让整首诗词的每个字都得符合平水韵的平仄要求，而不只是某些句某些字或句末押韵的那些字符合。新韵也然。提倡双轨制运行，主要是考虑到汉字读音的变化，但两者却不能混用。因此，今人写诗若用新韵就要求作者注明，旧韵可不标。初学者写诗时可能会犯混用的毛病，我初写时就犯过。当然，本书里所有诗词已没有这种问题了，包括多音多声多义字的运用，平仄对仗等，均百分百严格守律。特别是对仗，哪怕是几十韵的长排，几乎全用工对。本书里的诗词除标注者外，余皆为平水韵或词林正韵。

六十三岁始写律诗，属兴属学属晚功。故最后要感谢太太包揽了绝大部分的家务，让我专心致志地从事本诗词的创作。

人生凡曲美，尘世雅音幽。
华发萌闲志，诗坛辍哺求。

期本书对读者能有所裨益！

是为序。

2017 年 7 月 25 日

山水篇

五绝·篇引

山水本无情，因君奏籁声。
花芳诚自拥，草舞却心生。

2017 年 7 月 24 日

五绝·世博园题目

奇花扶异草，绚素共和谐。
际遇端阳节，舒睛更放怀。

2013 年 6 月 12 日

五绝·天山题照（二首）

穹蓝悬絮白，水碧座峰青。
残雪嚣尘远，丰峦绝处宁。

澄穆天池静，浮岚瑞气飘。
残阳莹雪赤，绝景圣山娇。

2013 年 6 月 14 日

五绝·雨中游（新韵）

游江南天池，逢大雾细雨，半途折返戏作。

苍公不作美，雾里逛天池。
意本搜奇景，无为蹭雨诗。

2013 年 11 月 10 日

五绝·棠情

梅香引蝶忙，棠羡脱红装。
不较春光美，凌冬再妩郎。

2014 年 2 月 22 日

五绝·君子兰（二首）

初养君子兰，竟七花七蕾，欣赞。

一

金花争展秀，蓬荜顿生辉。
更有苞相与，犹为久共菲。

二

子竞容颜静，庭生瑞气泓。
丰姿犹半露，似觉满招轻。

2014 年 2 月 27 日

五绝·榴花（新韵）

榴花红似火，成对绽枝尖。
增色人间美，怡心伴夏天。

2015 年 6 月 23 日

五绝·梅雨季

室外飘丝雨，居堂渐带硝。
朦霖虽好景，更要日谐调。

2015 年 6 月 28 日

五绝·入秋

台风旁侧过，携雨送初凉。
暑退长空净，蓝天水倒藏。

2015 年 8 月 12 日

五绝·秋景一隅

秋雨送清凉，黄花又吐香。
闲翁蓑笠下，垂钓待壶觞。

2015 年 8 月 23 日

五绝·梅

效蝶红梅叶，凭风兀自飞。
俄而枝脱尽，掖蕾雪时肥。

五绝·榴（新韵）

春绿夏嫣红，秃桠过厉冬。
金罂千子笑，正沐灿秋浓。[①]

五绝·桔（新韵）

常年春色淌，不计暑寒凉。
四季涓流过，识秋看果黄。

2015 年 10 月 8 日

---

① “金罂”，石榴别名。

五绝·溶洞（新韵）

溶洞如仙境，天工越亿年。
山深藏异象，美景惠人间。

2015 年 11 月 12 日

五绝·雪地红花

隆冬雪地寒，景比画中看。
若莫根盘实，娇颜怎竞欢。

2015 年 11 月 22 日题照

五绝：水墨汀溪

山间溪水异，墨底托清波。
卵石通穷处，和风涧面歌。

2016 年 6 月 16 日游记水墨汀溪

五绝·平衡

去秋花两度，今岁蕾全无。
物竞终衡是，人何得失殂?

2016 年 10 月 3 日感桂花尚无影

五绝·滴水湖

名闻滴水湖，浩淼草荒芜。
劲步环秋色，痴浮彼用孤。

2016 年 10 月 19 日游滴水湖随想

五绝·初寒（二首）

一

北风初度境，南国始霏寒。
西施霓裳薄，东坡牧蜷团。

二

北国初飘雪，南方雨寄寒。
东山景萧瑟，西渡水临冠。

2016 年 10 月 31 日，雨

五绝·某景

瓜身细竹撑，声破震空鸣。
藤绕千千尺，无厘也自横。

2017 年 2 月 16 日

五绝·暮春小景（四首）

一

花谢春将去，蒿深夏欲归。
樱红枝满冠，桃李果青围。

二

南风徐习习，北气剩微微。
巷悦裙如蝶，街和玉臂菲。

三

荷塘青一色，雨后听蛙声。
残滴阳斜耀，清风戏叶轻。

四

芽月辉昏暖，清风拂晚凉。
宅园寥寂径，渐已踵声扬。

2017 年 5 月 1 日

五绝·百合

娉婷姿玉立，怒放晓晨时。
紫蕊喷芳瑞，颜莹比燕姬。

2017 年 5 月 3 日

五绝·北国风光（六首）

在黑河贺小侄婚礼后，我们兄弟四家人到五大连池、哈尔滨转了转。随书几景。

（一）北国雨景

暴雨倾天倒，飞车遇雹叨。
昊苍茫隐去，倏又暑阳高。

（二）登老黑山

拾级到山腰，抬头两腿飘。
身终临绝顶，盆口黑姿娇。

（三）火山杨

百岁火山杨，身高九尺长。
惯经风雨事，瘠地自丰强。

（四）石海

地浆留绝貌，石卷竞真涛。
黑浪排空去，连天一样高。

（五）游松花江

艇在江心走，城留眼底收。
突临斜岸处，裸汉击中流。

（六）家聚

北国边城小，风光尚自然。
阖家欢聚乐，手足景焉诠？

2017 年 7 月 21 日

七绝 · 重阳菊

岁岁重阳迎绝色，年年名菊送孤芳。
清新淡雅无谗骨，装点霓时我与觞。

2013 年 10 月 14 日

七绝 · 秋照

归根落叶地呈黄，不待清风竟自扬。
红褐色承秋日景，相形春妩少夸张。

2013 年 11 月 3 日

七绝·球季

旖旎春光春正旖。芳菲草地草呈芳。
飞球驰骋身如燕，漫舞斜晖溯久康。

2014 年 3 月 18 日于球场挥杆得句

七绝·题台景照

青山翠柏云缭绕，仙境神台雾漫萦。
眼耳模糊心比镜，景朦难得底清莹。

2014 年 4 月 2 日

七绝·雨夜玫瑰（新韵）

一夜风和雨点红，一枝独秀引春穷，
半滴残水留深绿，半圃芳颜荷色浓。[①]

2014 年 4 月 13 日

---

① “点”、“荷”，动词。

七绝·识花（新韵）

种花老叟不识花，错把蔷薇当野茬。
谁料芳魂能省意，竟馨助你认奇葩。

2014 年 5 月 5 日

七绝·桂

夜间秋雨日间阳，催桂花开九里香。
簇簇金枝梢上挂，蹒跚老叟也趋旁。

2014 年 9 月 27 日

七绝·海棠

春夏秋冬百气扬，东南西北宠红装。
娇颜又伫寒风里，枝上嫣然傲众芳。

2015 年 1 月 8 日

七绝·再咏海棠（新韵）

虽无香味引蜂蝶，格骨清奇本自洁。
天地修容姿色美，羞煞冬令让春歇。

2015 年 1 月 11 日

七绝·萱草

萱草花开半日红，瞬时倩影乃天工。
不求永作人间景，但愿来年再悦翁。

2015 年 6 月 22 日

七绝·蝉鸣（新韵）

窗外蝉鸣似竞弦，三伏听曲不花钱。
忽然一阵清风过，片刻消停复更阗。

2015 年 7 月 20 日

七绝·小区夏径（回文诗）[①]

桥横水碧岸边家，窈径芳坪壁上花。
鹪隐咏幽林寂夏，韶词墨客醉龄遐。

2015 年 7 月 27 日

---

① 藏七绝、七言、五绝、五言等。诗中“鹪”可改为“娇”或“箫”，意境不同。

七绝·酷夏（回文诗）[①]

骄日竞空长紫焰，稼禾荒野半枯焦。
椒房仕女凉风浴，穑地辛男苦汗飘。[②]

2015 年 7 月 30 日

七绝·游园明园

柳叶葱青柳絮殇，满湖荷绿满园香。
百年古迹今何在，徒叫游人烬照忙。

2015 年 8 月 29 日

七绝·秋夜

月光如水洗长空，大地呢喃细听虫。
拂面清风银露起，身笼夜色谧心融。

2015 年 9 月 7 日

---

① 藏七绝、七律、五绝、五律等。

② “仕”古也同“事”。
“椒房”古指皇后或宫女住处。此借指办公室或住处。
“椒”即辣椒，可作花养。

七绝·秋空

白云飘絮衬蓝天，初敛骄阳抚九川。
极目苍穹无尽处，欲寻宵外可居仙？

2015 年 9 月 9 日

七绝·桂香

午后斜阳助桂开，浮香涌动绕厅徘。
斑斓秋色凝伤感，瑞气笼身化壮哉。

2015 年 9 月 20 日

七绝·中秋夜

月到中秋分外明，今年月带厚云行。
虽无圆月供君赏，月在心头更溢情。

2015 年 9 月 27 日中秋

七绝·恋秋

丹桂今秋有点奇，花开两度半猜疑。
闻香细辨伊情意，霭罩人间寄恋思。

2015 年 10 月 12 日傍晚

七绝·日出（新韵）

日现东方一点红，吞云吐雾冽风中。
霞光射处苍穹染，疑是霓裳舞九重。

2015 年 11 月 26 日

七绝·梅蕾（三首）

点点斑红欲待张，枝枝清瘦正萌装。
冬寒未峭香难聚，直到霜枯雪咏觞。

雪映丹红溢彩云，枝呈秀色舞缤纷。
隆冬苍莽清晖少，装点人间独献芬。

衰草枯天一抹红，清枝嶙骨傲寒中。
冰凝大地无嗟惧，我自芬芳送暖空。

2016 年元月 13 日阳台红梅含苞欲放

七绝·雪瑞

早起青枝结玉花，方知寅夜落云霞。
中天已挂残冬日，雪瑞萌春福万家。

2016 年元月 23 日

七绝·梅赞

霜天万里色枯单，雪地梅花分外看。
更伴馨香轻沁腑，俗僧谁不喜琅玕。

2016 年元月 27 日阳台梅花雪后争颜

七绝·高铁外景

绿野朦胧细雨中，清明时节色香融。
黄花陌径绵延处，遥见田农笠下躬。

2016 年 4 月 3 日于回乡高铁途中。

七绝·田景

已是春深万物融，农田仍在梦沉中。
村乡青壮城工去，阡陌无人莽草丰。

2016 年 4 月 4 日于乡下

七绝·乡景

鸡鸭成群草地游，老牛睡在陌田头。
猪崽栏里哦哼唱，猫狗悠闲半惮修。

2016 年 4 月 5 日

七绝·落花

春花烂漫一枝枝，二八芳龄总有时。
万种风情虽过去，余香长倚续卿诗。

2016 年 4 月 15 日

七绝·暴雨

乌云压顶若天倾，午暗犹如夜五更。
平地狂风尘卷起，瞬间泼后复常衡。

2016 年 4 月 16 日午间雨

七绝·春尾（回文诗）

春深尽显色颜青，燕舞莺歌绕榭亭。
尘绝雨微风暖地，辰芳意爽气氲馨。

2016 年 4 月 22 日

七绝·题南北湖（二首）

一

湖水凌波隐缈烟，柳丝轻摆雨斜穿。
睡莲深处村庄秀，曲径横桥路九旋。

二

山环三面形稀少，海接两湖唯此天。

岸上人家林宓处，桃花园里住耕仙。

2016 年 5 月 7 日

七绝·荷田

十里荷田十里香，红花绿叶照斜阳。

微风一阵轻吹过，万子千仙舞绣妆。

2016 年 6 月 15 日记泾县一处荷群

七绝·雨后楼景

半截浮云半截腰，半悬楼顶半悬霄。

人间莫说无仙境，雨后浦东容绝超。

2016 年 6 月 29 日

七绝·海滩

西晴东雨彩虹悬，几处蓝天几絮绵。

浮海观鱼清见底，风帆白浪互悠颠。

当地时间 2016 年 7 月 30 日傍晚于毛伊岛

七绝·秋脸

云黑天低气突坚，周遭赤炼火龙旋。
暗思即刻玄冥到，然瞬穹高日旧悬。[1]

2016 年 8 月 20 日记近天气变化莫测

七绝·晚桂

金秋十月气环醅，丹桂修身一夜开。
香裹晨风飘苑里，还疑仙女散花来。

2016 年 10 月 14 日记桂花一夜盛开

七绝·迎新

神州大地迎新至，赤县长空送玉来。
北国南疆颜献瑞，红梅冰骨斗寒开。

2017 年元月 19 日步高拨子先生迎春曲

① 玄冥，雨神。

七绝·春寒

才脱裘皮又裹棉，孤鸦老树互堪怜。
梅花不怕寒潮袭，柳绿桃红滞两天。

2017年2月21日记寒袭

七绝·春雨

细雨寒风入地无，轻烟岚气拂川苏。
身姿妙曼朦胧影，舞动人间起彩图。

2017年2月22日，雨

七绝·春水

冰雪消融润地松，池塘清澈倒霄重。
溪流飞溅催枯醒，水暖春江奋老农。

2017年2月23日

七绝·春风

拂面倏知寒渐退，牵枝意唤柳弥氤。
平湖打褶如颜笑，夜迎桃红好个春。①

2017 年 2 月 24 日

七绝·春晖

日照山川紫气生，青峰翠壑薄纱萦。
浮云隙泄金华煦，去却余寒漾杂英。

2017 年 2 月 25 日

七绝·早春

春潮萌动春潮涌，夜色温柔夜色馨。
大地苏声齐古韵，静催桃李和心听。

2017 年 2 月 25 日依和柳明先生韵

① “迎”读仄声时意“迎娶”。

七绝·日出

喷云吐雾驾曦来，气抱山河混沌开。[①]
七彩顿濡天地暖，欲融万象脱凡胎。

2017 年 2 月 26 日从和柳明先生韵

七绝·春夜

窗外园庭早寂声，静心却听蛰虫鸣。
春芽破土争天籁，交曲柔怀夜色轻。

2017 年 2 月 28 日

七绝·春趣

春色初斑敛翠岚，人生晚丽夕阳酣。
高眠远足诗书酒，缘景随心舞两骖。[②]

2017 年 3 月 1 日

---

① 见成语“东曦既驾”。

② 见“两骖如舞”，意驾轻就熟。

七绝·咏物三首

读“如风”小姐雅作后依题步和。

一、桃花

春风有意汝含情，枝上歆然若粉樱。
正待倾心牵恨晚，谁知缴父阻芳行。[①]

二、古刹（新韵）

古刹巍巍立半崖，松涛阵阵渡云霞。
几曾抖擞经风雨，绝壁寒垣守老鸦。

三、雨茶

寒暑春秋四季青，轻修重饰保雍形。
雨前芽嫩香侵骨，几叶沉浮洞九冥。

2017 年 3 月 22 日

七绝·晚春寒

春寒欲退冷涔留，桃李争颜意拂酬。
更有娇姝期体娜，奈何料峭碍形柔。

2017 年 3 月 25 日

① “缴父”，雨神。

七绝·郁金香

上海鲜花港遍地郁金香，观而随吟。

红黄黑白紫青蓝，莫道颜华仅墨含。
且看郁金谁绘色，若非地赐眼能酣？

2017 年 4 月 8 日

七绝·种牡丹

富贵风流世绝伦，天香国色岂凡身。
荷锄辛种殷勤尽，未祭花颜已脱尘。

2017 年 4 月 14 日

七绝·古镇

摩肩接踵沪郊楼，古建今风美食勾。
流水小桥无雅问，喧声尽是餮馋喉。

2017 年 5 月 23 日游古镇召稼楼随吟

七绝·雨中月季

惊叹嫣红可摄魂，雨中摇曳更睛吞。
明珠围瓣增姿媚，不是王魁也后尊。

2017 年 5 月 24 日阳台月季赏雨吟

五律·金舞兰（新韵）

弱弱舞金兰，柔柔历夏端。
谁知花炽盛，孰料叶炎欢。
弗是名君子，绝非贵牡丹。
然迎晨曲里，却似紫衣鸾。

2013 年 8 月 13 日

五律·雾

茫茫白气生，漫漫暗幽明。
伸手形空隐，弯腰路晦呈。
眉毛含露湿，步履带云行。
此景谁曾见，今重识象征。

2013 年 12 月 8 日晨

五律·梅雨（新韵）

细雨纷纷下，微风暖暖吹。
楼阁烟霭罩，庭院水帘围。
天地连一片，江河纵几威。
庄农翘霁色，万物好争晖。

2015 年 6 月 16 日

五律·雨后秋深（新韵）

日照残荷静，风拂落叶翔。
天高云尽卷，水碧鹭深藏。
野旷着苍色，山空染肃霜。
气清滋肺适，雨后透心凉。

2015 年 10 月 6 日

五律·兰（十四寒）[①]

溪壑藏君子，身甘傲寂寒。
草鲜荣作伴，水净引为餐。
喜绿常年翠，喷香径月阑。
雾中含倩影，炎夏半阳看。

2015 年 11 月 3 日

---

① 本书中凡五律、七律题后括号中带平水韵标注的诗，均是依次取上、下平声十五韵部的代表字作为本诗的第一个韵。写作时是集中在一起的，由于本书分“山水”等两篇编辑，故这三十首诗就散在各篇中了。

五律·菊赞（下平一先）

秋阑色占先，菊领半边天。
橙白青蓝紫，红黄粉绿玄。
棵棵招眼耀，朵朵惹心怜。
更有霜侵处，清香自细涓。

2015 年 11 月 4 日

五律·泰山（下平四豪）

历代君王祭，唯尊泰岳豪。
人文天下甲，色貌世间髦。
晨赫昏霞景，云盘玉带绦。
千阶山道险，北斗与相遨。①

2015 年 11 月 5 日

五律·九寨水（下平五歌）

人间仙境地，九寨水当歌。
翠绿清莹质，斑斓异彩波。
黄龙金面躺，飞瀑玉帘摩。
海子天工造，瑶池浴靓娥。②

2015 年 11 月 5 日

---

① 借“泰山北斗”。

② 海子，藏人对湖泊的称谓。

五律·黄山（下平六麻）

几年前乘索笼登山。笼外云海茫茫，笼内人悬一线，啥也不见，悚然心悸。落地后魂归窍，景无比。

云海笼身下，头皮阵阵麻。
青松崖倒杪，白雪树披纱。
一线天难过，千形石可嘉。
山中悠半趟，无岳再供茶。

2015 年 11 月 6 日

五律·玉龙雪山（下平七阳）

脚下鲜花灿，躯头雪照阳。
浮云围锦带，阵雾隐邑娘。
倒影湖中玉，冰川谷内浆。①
奇峰龙起舞，南国柱天梁。

2015 年 11 月 6 日

五律·三清山景（下平九青）

绿水衬峰青，蓝空耸栈亭。
蟒归山欲动，龙出海惊霆。
玉女开怀乳，观音赏曲馨。
石形天地造，人意赋魂灵。

2015 年 11 月 6 日

---

① 意两层：冰川千万年前形于谷水；另或气候变暖或游客太多冰川似在溶化。

五律·初冬枫

枫排路两行，右绿左焦黄。
化蝶随风叶，争峰映午阳。
临冬赍彩色，入夏送阴凉，
枝干冲天冠，根深抗雪霜。

2015 年 11 月 10 日游世纪公园

五律·秋芦

霜绒絮欲飞，专等北风威，
善舞腰肢细，能歌伴调微。
身空虚若谷，叶卷状如帏。
苍水勾天色，鸶藏躲雪霏。

2015 年 11 月 10 日同上

五律·冬雨

雨细萧萧冷，风微阵阵寒。
人蜷厅室坐，鸟伏树窝安。
绿叶期阳照，红花望水阑。
冬霖虽可赏，日丽更颜欢。

2015 年 11 月 12 日傍晚

五律·冬阳（新韵）

数天阴雨涩，今晷半悬空。[①]
薄雾蒙蒙景，微尘隐隐穹。
阳和拂面暖，风弱逸身融。
如此冬祥日，宜当户外翁。

2015年11月14日午于南京路茶餐厅

五律·冬天里的雪月风花（五首）

引子

雪月风花意，诗家纸笔耕。
墨溶真善美，管领色形声。
细揽人间事，斟描字里情。
冬寒虽少景，心境胜春荣。

雪

身匿乌云厚，无根玉体轻。
飘飘尘世往，漫漫地平莹。
沟壑成一色，山川变半明。
银装怀素美，环宇裹峥嵘。

① 晷，日也。见“天晷”李周翰注。

月

清光挂半空，冷冽照苍穹。
峻色连寒地，娇容俯暖宫。
银辉笼雪岳，玉貌伴诗翁。
欲敬朝天酒，娥怜屋内躬。

风

上山林起舞，入海浪滔天。
碰壁吹鸣哨，遇栏弹乱弦。
背承推你走，面迎阻君咽。
冽伴寒云渡，娇娘顿胖娟。

花

棵草不成茵，单花勿是春。
棠开冬色艳，梅绽雪香醇。
玉貌喑时寡，娇容独象新。
然今仙品广，武媚羡凡民。[①]

2015 年 11 月 16 日

① 武媚曾冬日旨令百花齐放，但牡丹抗旨。今牡丹在冬天也能开花了。

五律·冬霖（新韵）

阴雨连绵下，淋淋雾气蒙。
环天浑霭罩，隐隐玉楼笼。①
骤冷衣衫薄，突寒储柜空。
翘头巴眼望，早现太阳红。

2015 年 11 月 20 日

五律·天晴（新韵）

苦雨寒天后，阳新满地融。
虽无飞鸟唱，也有落英红。
野外人舒腿，山前涧和松。
晴川时日好，情享暖霞中。

2015 年月 11 月 26 日

五律·突冷（新韵）

霜天突降冷，零度踵躅行。
河面铺银饰，屋檐挂水晶。
溪流隐身唱，山谷纵声鸣。
寒促狐裘暖，知谁是瑟生？

2015 年 11 月 27 日

---

① 首、颔联扇对。

五律·雪花

名花勿是花，落地醒泥巴。
体小难经尺，身轻可透纱。
悠悠飘下界，慢慢罩尘涯
一夜生银宇，凡夫也慕裟。[①]

2015 年 11 月 28 日周六

五律·盆景松（新韵）

本立山巅顶，迎风受雪钟。
出身遭故变，藉地遇荣封。
根错泥盆小，躯盘缚索重。
百折形体异，华苑竞娇容。

2015 年 11 月 30 日晚

五律·灯笼

大肚腹中空，方圆状不同。
竹筋油纸面，木座铁丝宫。
彩绘妆娇媚，红颜透熠融。
高悬尊府外，喜气遍门隆。

2016 年元月 3 日

---

① 指心灵净化。

五律·茶花

含苞三个月，经历夏秋冬。
暑炽枝头俏，寒侵叶蕾雍。
花开齐牡贵，香隐比梅丰。
身朴平民相，谁知福满容。

2016 年元月 5 日晚

五律·沪冬

普天银世界，上海独怀春。
细雨姗姗落，微风阵阵巡。
茵青争早岁，花艳比芳邻。
景色哪边好，由君自品津。

2016 年元月 22 日

五律·雪后

又是阳和照，寻踪雪已无。
然窗生玉冷，且凝结冰粗。[①]
昨夜躯团被，今晨被裹躯。
风寒缠手脚，纵舞待春濡。

2016 年元月 24 日

① 凝，此处读去声，即四声，意止水也。

五律·雪后续

万里苍穹碧，阳柔自挂高。
拂风皴手耳，呵气吐银绦。
池水冰如故，檐头冻若膏。
长天凭目极，短绠腹空骚。

2016 年元月 25 日

五律·君子相长（新韵）

菊斗霜前艳，梅开雪后香。
兰幽时令翠，竹挺气节刚。
君子相怜爱，文人自比强。
然天生万物，无不各含长。

2016 年元月 26 日

五律·飞雪迎春

春正翘头看，冬还恋半跚。
琼花凭意舞，碎雨任情阑。
地着银装酷，天生瑞气欢。
新桃符已握，南国待飞鸾。

2016 年 2 月 1 日凌晨雨夹雪

五律·春节南京路

丙申年正月初三逛上海南京路见感。

节后人流涌，天和助路行。
信游怡步漫，暇览悦睛泓。
红绿痴男女，丹黄恋子情。[①]
咖楼成一统，两耳自元清。

2016年2月10日

五律·梅香

欲知香几许，且看蜜蜂旋。
缕缕萦心绕，丝丝扣鼻悬。
初春寒未退，冬杪暖相穿。
阳气蹒跚起，和梅送馥绵。

2016年2月13日观蜂戏梅

五律·初春

天气突从十几度到零度且周边还下雪。

昨衣轻然暖，今裘重却寒。[②]
河边枯柳醒，野里草芽盘。

① 金银首饰店人流涌动。

② “衣”、“裘”，动词。

窗外时鸣鸟，空中偶雪蟠。[①]
天虽多善变，北气已姗阑。

2016年2月15日

五律·赏梅

腊雪浸梅肥，春阳促蕾菲。
游人摩踵至，群蝶绕枝飞。
落瓣随风舞，芳肩赚彩围。
香飘清影里，妪醉树旁依。

2016年2月27日和老伴游梅林

五律·樱花

南国春来早，樱花正漫姿。
烟笼云霭罩，霞聚雾绡迤。
风过轻柔拂，阳垂重泽滋。
只因韶景短，凭赏莫辜时。

2016年3月5日

---

① 领联交叉对。

五律·桃花

三月东风暖，桃红几朵鲜。
芳英齐落尽，秀骨独呈妍。
霞色难肩美，春光易衬婵。
唯邻年蔻女，俏面可羞娟。

2016 年 3 月 7 日

五律·春雨

细雨落丝绵，长空聚紫烟。
葱霏浮大地，翠雾罩河川。
怡润千田醒，丰淋万物鲜。
春天如此好，何事羡神仙。

2016 年 3 月 8 日上海雨

五律·茶花续

花鲜难百日，茶艳季更长。[①]
重瓣簇群蕊，红绸伴绿装。
历经冬到夏，身浴雪和霜。
点缀人间美，无心竞苑王。

2016 年 3 月 17 日

① “更”读第一声，动词性。茶花复蕊瓣多，花开半年，它花非比。

五律·梨花

远望雪盈头，旁观白玉旒。
飞霜寅夜尽，带雨晓风柔。
早步裙洇色，昏行袖舞幽。
春深桃李静，候夏只梨俦。

2016 年 3 月 26 日

五律·残红

花鲜无百日，旦谢一时稀。
残落泥殷色，魂飘水薄菲。
芳园三月瘦，腐土半年肥。
虽说明春见，唯愁故面非。

2016 年 4 月 14 日

五律·雨后

骤雨洗新尘，蓝天万里纯。
空山怀黛色，壑谷袅轻氤。
树翠藏青滴，花红没绿茵。
物存均有度，一长一消沦。

2016 年 4 月 17 日

五律·谷雨

谷雨谢群芳，青颜统地装。
杏桃初露果，柳絮乱飞殇。
国色添新彩，杯芽出旧冈。[①]
蛙鸣田渐绿，农户正耕忙。

2016 年 4 月 19 日，谷雨

五律·立夏

立夏大于年，童欢叟也阗。
称悬量体重，豆串当银圈。[②]
牙祭插秧始，春归布谷传。
禾丰缘此贵，身旺伺良田。

2016 年 5 月 5 日，立夏

五律·巨石

石本无灵性，凡人赋倩魂。
青峰红梦出，花果圣猴尊。
佛坐山中静，仙腾地上蹲。
一帆风顺语，今又阅其痕。[③]

2015 年 5 月 11 日续水博园见思

---

① 指牡丹、新茶。

② 老家旧俗，曰“吊夏”、“吃鲜”。

③ 指水博园中写着“一帆风顺”的巨型石帆。

五律·小满

雨足江河满，田平早稻宜。
麦青浆穗实，桑绿饱蚕熙。
朝晚农无歇，阴晴地正姿。
黎身虽困乏，好景得谋时。

2016 年 5 月 20 日，小满

五律·熊猫

像猫毋是猫，润体玉难雕。
捧掬憨萌相，丰柔厚福腰。
跟头神舞起，挪步慢三摇。①
剑竹诚为伴，书生黑眼娇。②

2016 年 5 月 22 日

五律·榴花

夏日独榴红，娇颜傲匠工。
青枝生火焰，绿叶衬灯笼。
色艳迷人目，容雍眩杰雄。
黄芯藏百子，只是待秋丰。

2016 年 5 月 25 日

① 谐音对。“慢三”，舞步名。

② “书生”借白面意。

五律·芒种

今年大江南北雨特多，碍麦收也。

梅前霪雨沥，麦熟待开镰。
秧信催人急，棉株等蕾添。
抢收争早晚，忙种借星蟾。
庄户诚祈祷，川晴乐汗帘。

2016年6月5日，芒种。

五律·一线天

平湖一线天，八面峭空悬。
径路迷宫道，奇林石象缘。
步仙桥上过，燕蝠洞旁穿。
走马观山景，全凭意境联。

2016年6月14日太平湖一线天游记

五律·芸潭洞

溶洞本天生，深含岁月情。
亿年修石笋，万载诞钟茎。
光幻人工造，奇形自状成。
善思萌异像，泉饮实甘清。

2016年6月14日芸潭洞游记

五律·古村

查济存遗古，乡村恋史工。
明清房建在，唐宋族规融。
溪水穿街过，徽标极目穷。
桃花源尽处，紫气此为中。①

2016 年 6 月 15 日查济游记

五绝·水墨汀溪

山间溪水异，墨底透清波。
卵石铺蚯径，涓流奏风歌。
青峰垣两岸，倒影戏群娥。
美景关不住，游人又一坡。

2016 年 6 月 16 日于泾县

五律·荷叶

傍晚入住泾县酒店。店前荷塘，碧叶养眼。

绿叶照斜阳，青枝舞翠装。
乘风身拂动，遇雨雾蒙扬。
溅点飞虹彩，留珠聚佛光。
淑绅齐喜爱，冕却画中殇。②

2016 年 6 月 16 日

---

① 有石桥名“紫气东来”。

② “冕”，指画家王冕。

五律·夏至（新韵）

日至北端回，宵长昼渐亏。
梅霪潮浸体，酷暑汽笼眉。
蝉始鸣高树，荷终露籽扉。
豪门身半憩，农庶汗丛挥。

2016年6月21日，夏至

五律·云亭观夏雨

云亭观夏雨，四面挂银藤。
闪电凌情舞，雷声导魄崩。
千峰成一色，万谷缺孤征。
须尔苍空碧，芬芳草汽蒸。

2016年6月22日，暴雨

五律·小暑

风温焗面湿，气热裹身潮。
梅尽阶苔黑，天枯院草焦。
柳垂河闪影，鹰习蟋安寮。
雷雨轰然过，唯荷独自摇。

2016年7月7日，小暑

五律·大暑

天燃地吐烟，虫隐草枯眠。
蛙歇荷塘静，蝉鸣气浪颠。
禾黄争日夜，秧绿等膏田。
渡夏跟农比，阴凉屋坐仙。

2016 年 7 月 22 日，大暑

五律·登火山口

今登毛伊岛哈雷阿卡拉（Haleakala）火山，逢该火山公园百年庆，免费。站在山顶遥望，苍地云层复，天低伸手触。碧空和日照，火口五色谷。美感难述。还有一种能活 50 年但一生只开一次花结一次花柱名叫银剑（Silver Sword）和一种每年都开花名叫纳伊纳伊（Na’ena’e）的花，据说地球上只有该火山顶才有。

百年园庆日，远客上天门。
云海穿身过，肠途绕峭奔。
奇花焦石伴，异草黑沙囤。
伸手揉阳短，回头独我尊。

当地时间 2016 年 8 月 1 日

五律·出海

今儿子带我们乘艇出海到另外一个海湾浮潜泡海观鱼。唯惜不是观鲸季。

平生大海情，今又乘帆行。
气漫鲜腥味，舟吟旧耳声。
人鱼清水泡，鸥鸟碧波鸣。
眼望浮龟去，怀留下次鲸。

毛伊岛 2016 年 8 月 3 日

五律·处暑

沪地已一个月未透雨了。

温高三十五，处暑暑犹姿。
人望金秋降，禾图玉露滋。
凉风梳早晚，热气淌中时。
然耳鸣蝉静，期观雁阵迟。

2016 年 8 月 23 日，处暑

五律·雨后

昨晚雨除沪地长达四十多天的高温天气，秋始也。

星稀云暂匿，雨后晚风凉。
暑色凭空扫，秋红借实妆。
婆娑花弄影，簌落树飘裳。
向夜翁盈步，桥边好个黄。

2016 年 8 月 28 日

五律·白露

白露逢秋雨，天凉透体肤。
萧萧黄叶下，阵阵翠荷枯。
晚雁南排字，晨禾北向珠。
西风期几日，湖蟹上东厨。

2016 年 9 月 7 日，白露，雨

五律·秋

湖光山色静，乔木草堂幽。
风顺阳柔美，虫萎蟀劲遒。
蒹葭诗永叹，孤鹜句犹啾。
秋意缘何取，看君绪猎勾。

2016 年 9 月 10 日

五律·秋晨

彤彩曦新漫，容红曙露羞。
湖光蒹鹭静，山色鸟虫啾。
幽径银珠闪，昌衢子巷柔。
晓岚乡廓溢，人欲画中俦。

2016 年 9 月 21 日

五律·秋夕

余晖天半赤，晚晕地微斑。
林鸟飞巢去，村炊唤子还。
彤云星隐现，丹叶水浮潺。
举目凭栏望，心遐远黛山。

2016 年 9 月 21 日

五律·秋色

红黄青黛紫，坐地阅秋澜。
蒿菊窗前立，藤薇屋外盘。
棉田云覆白，果岭树悬丹。
斑驳谐身绕，翁悠绚目宽。

2016 年 9 月 22 日

五律·秋分

落叶报秋伤，凌空雁叫凉。
更眠晨醒早，昼夜等分长。
柳败荷焦萎，池枯露冷张。
霜天迟未到，颐养补沧桑。

2016 年 9 月 22 日，秋分

五律·秋云

浮丝飘絮逸，重九透蓝容。
间或乌层厚，悠然雨暴浓。
晨涂升煦紫，夕染落霞彤。
相本天生幻，无根竟自丰。

2016 年 9 月 23 日

五律·秋水

斗量非大海，流断岂长江。
湖泊萧辰静，荷塘素律降。①
山泉犹澈骨，溪壑尚天窗。
水若穿双眼，焦心别样扛。

2016 年 9 月 24 日

① 素律，秋也。降，悦也。

五律·秋露

西风卷地凉，宿露始乘妆，
夜半寒凝起，曦微暖玉彰。
晨行鞋袜湿，阳出碧珠黄。
益自无根水，蔷禾竞吐香。

2016 年 9 月 24 日

五律·秋风

簌叶朝天舞，揉波向岸皴。
穿林山带啸，走泽水吟春。
拂面惊娇美，撩衣颤薄身。
清风明月短，对景晚犹晨。

2016 年 9 月 25 日

五律·秋波

秋波含美意，妙语解风情。
涟皱一湖水，漪平两岸英。
前推前涌雪，后复后翻晶。
浪卷江连海，涛声和棹声。

2016 年 9 月 26 日

五律·秋雨

春雨贵如油，秋涝却少酬。
土干池库浅，气燥草禾休。
物长难离水，金耕怎措猷。
台风傍突过，枯地顿堪舟。

2016 年 9 月 27 日

五律·秋霜

秋深持肃杀，草浅倍枯凌。
荷露三更始，储晶半夜兴。
长空云乏影，旷野气硝绫。
晨起茫然白，沾阳顿滴澄。

2016 年 9 月 29 日

五律·秋菊（二首）

一

蒿形相菊似，一草一花尊。
世本多芜蔓，凡原少贵根。
秋波凭峭傲，残雪伴霜存。[1]
翁卧东篱下，陶公不及论。

2016 年 9 月 30 日

---

① “秋波”、“残雪”，菊花名。

二

霜秋英落绝，唯有此贻黄。
瓣傲朝天立，宫娇溢地香。
形持终亦始，馨故老犹秧。
甘寂芳颜独，辉暄映夕阳。

2016 年 10 月 1 日

五律·秋桂

桂花通常开在中秋，然今还不见踪影。

月夕繁英少，樨黄应夜开。
色盈悬伐斧，香溢沐娥腮。
常岁纯颜罩，中秋瑞霭来。
然今时早过，未见上瑶台。

2016 年 10 月 2 日

五律·寒露

瓦上凝寒露，篱边败草香。
北风争冷暖，南雁竞飞翔。
早晚嫌衣薄，寅时厌夜长。
气干喉舌噪，润肺枣梨汤。

2016 年 10 月 8 日，寒露

五律·霜降

寒露凝霜降，结晶须晚晴。
焦荷枯梗瘦，赤叶落枫嵘。
物蓄秋将尽，人宁夏后盈。
今风南逆北，旧律迨迟行。[①]

2016年10月23日，霜降

五律·秋雨郁色

秋雨绵绵少，今霖恁地多。
姗姗晴半日，沥沥积群河。
气滞人酥软，天低景恍峨。
霏中看郁色，别样起心波。

2016年10月26日，雨。

五律·立冬

夜雾兆晴晨，交冬返小春。
温升衫减薄，日短食寻珍。
阅景黄花瘦，翻书墨味贫。
信游郊野外，麦地绿如茵。

2016年11月7日，立冬

---

① 天气暖化，且入秋至昨热带气旋不断，也阻止了冷空气南下。

五律·超级月亮

清晖透碧穹，树杪剪寒宫。
山染银纱渺，河莹紫气胧。
丈夫疏影急，二八比颜丰。[①]
夜色珑玲美，欣吟一兴翁。

2016 年 11 月 15 日夜

五律·小雪

篱边野菊穷，香暗附寒风。
北国愁飘雪，南疆叹雨蒙。
苏湖蒸闸蟹，鲁地窖姜葱。
人畏苍天广，相宜候鸟聪。

2016 年 11 月 22 日，小雪，雨

五律·天漏（新韵）

秋霪今续继，天漏纵骄龙。
偶尔浓云散，倏忽密雨重。
干霄临眼少，湿气透身慵。
合掌多晴日，贫民好过冬。

2016 年 11 月 27 日

---

① 夫——甲骨文，立着的人形（大），头上横插一根簪。古时男子成年束发加冠才算丈夫，夫从一大，会意兼象形。周制以八寸为尺，十尺为丈，人长八尺，故曰丈夫。与“二八”对仗。“二八”，佳丽也。

五律·大雪

冰封疆地北，雨霁楚江南。
衣厚风穿絮，天昏气冻岚。
长空飞鸟尽，野径蛰虫憨。
枯草寒中瑟，梅花独自酣。

2016 年 12 月 7 日，大雪

五律·冬至

风凄百草枯，雪复麦苗匍。
归日阴初退。回阳气始苏。
昼长圭影缩，夜短烛光拘。
朔漠形仍在，防寒数九厨。

2016 年 12 月 21 日，冬至

五律·小寒

昼夜潇潇雨，融风谒小寒。
林中巢鹊醒，谷内野鸡蹒。
柳杪将银裹，梅枝已焰团。
冽天逢腊八，食补驱阴残。

2017 年元月 5 日，小寒，雨

五律·冬晴

蓝天本无价，霾后当金看。
几朵浮云憩，千重碧落漫。
斜阳温体暖，清气透空寒。
霞照青灰壁，朦容顿露观。

2017 年元月 14 日记入冬后难得的晴天

五律·冬阴

变脸比翻书，层云卷轴徐。
沉沉天欲坠，莽莽地萧疏。
昨日知何处？今霄宛若墟。
寒风招冷雨，此景叫人嘘。

2017 年元月 15 日，又是阴天

五律·冬雨

雨细风斜伴，天昏地暗连。
朦胧帘幕罩，混沌极元旋。
漫漫山河隐，茫茫雾野悬。
江南无雪叹，权把冷霖怜。

2017 年元月 16 日

五律·大寒

昨八度，今负一度。窗上凝水结冰。

北国冰封厚，南方雪影无。
昨还山秀蔼，今却水凌衢。
日照窗花耀，风吹酒面涂。
时天寒极尽，梅艳正春呼。

2017 年元月 19 日，大寒

五律·立春

东风吹细雨，西岭着新颜。
翠鸟鸣空脆，芳芽染地斑。
峰寒还雪罩，壑暖已流潺。
万物融生气，人间福布寰。

2017 年 2 月 3 日，立春，细雨

五律·雨水

欲暖还寒袭，轻裘重旧棉。
夜来风雨细，晨后艳阳娟。
桃李争芽貌，梅樱缀霭烟。
麦畿千里绿，万物醒河川。

2017 年 2 月 18 日，雨水

五律·惊蛰

虽无雷震地，却也雨敲更。
万物知时醒，千庄应节耕。
泥田翻墨浪，稻种浸芽英。
喧野农劬影，徊空燕雀声。

2017 年 3 月 5 日，惊蛰，晨雨

五律·春分

归阳赤道焚，昼夜两均分。
寒过知时暖，温屯候地芬。
梅幽桃李闹，燕舞牧童群。
雷伴苏更雨，新红剪绿纭。

2017 年 3 月 20 日，春分，雨

五律·清明

雨细桃颜素，风和陌草娉。
芽萌瓜豆秀，叶悴菜花馨。
荒冢飘幡白，芜川踏履青。
千年传统日，旧俗带新灵。

2017 年 4 月 4 日，清明节于乡下

五律·春风

春风从不误，经岁按时期。
拂绿江南岸，吹红塞北卮。
浓情陪厚意，淡雅衬轻姿。
借力扬帆去，乘机广宇驰。

2017 年 4 月 10 日

五律·西湖一瞥

水若眼波泓，峰如翠黛横。
曲桥人接踵，画舫客聆筝。
垂柳悬空半，红枫倚日盈。
余霞晖古寺，桑晚惜时英。

2017 年 4 月 18 日

五律·谷雨（新韵）

仓颉字感天，谷雨落平川。
鼻祖名节气，桑农累典篇。[①]
催耕鸣鸟脆，择采早茶妍。
富贵花开炽，晨泽灌沃年。[②]

2017 年 4 月 20 日，谷雨

---

① “谷雨”来历的传说。

② 今晨雨。俗话说“清明晴，谷雨雨，好年成”。

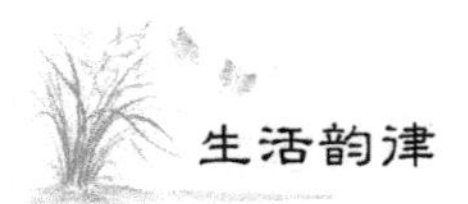

五律·桔花

春尾群英逊，芳容独领看。
花团簇枝白，气聚吐幽兰。
瓣落霜铺地，胚留果拥端。
疾风梳理后，强者入冬丹。

2017年4月26日

五律·节气（新韵）

农桑华夏本，节气此由生。
稼地观天象，兴禾问日情。[①]
千年积智慧，万代继文明。
信手摘贤教，承前播圣声。

2017年5月5日，立夏

五律·黄梅天

天低雨细飘，地软水迟消。
日月乌云锁，银河碧浪潇。
山川纱罩景，楼阁壁生硝。
汽浴随身带，神魂也失调。

2017年6月25日

---

① 古人在农耕中按太阳的运行周期得廿四节气。

五律·热

今夏热，往少有；雨后步，气笼蒸。故题。

天高云淡薄，日烈地枯焦。
树静花垂首，禾萎谷瘦腰。
桑拿因雨霁，浴汽应时调。
一阵微风过，清凉似九霄。

2017 年 8 月 8 日

七律·阳台小圃（新韵）

退休后，搬土种花，打理阳台；圃萌成赋。

阳台咫尺圃初看，池种盆栽各逞欢。
兰草海棠争妩媚，柠檬丹若竞芳颜。
黄瓜豇豆芽撑伞，青菜萝卜叶傲天。
寸土寸金方块地，百姿百态我怡园。

2013 年 4 月 20 日

七律·阳台咏（新韵）

江南四月地扬葩，烟陌岚衢遍藻华。
雨细风微滋万物，阳和霞炫罩千家。
桃红柳绿梨翻雪，水暖泥芳树吐芽。
身住高楼春色少，借耕台圃仿农暇。

2013 年 4 月 29 日

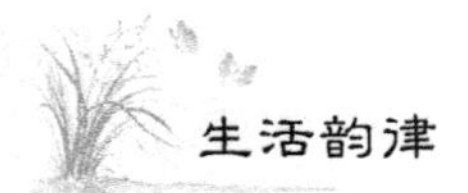

七律·夏花

暑气腾腾草木匍，几成葱绿几成枯。
然宜月季花娇艳，也适金兰色满腴。
双领风骚齐展秀，一呈妩媚比娱夫。
芳情碧意凌中夏，乐送人间解热图。

2013 年 8 月 13 日

七律·月季

一岁一荣花本性，唯然月季异经扬。
春时怒放情深切，夏际狂欢意赫煌。
秋暮送馨温腹暖，冬凌蓄蕾聚霞镶。
众生为爱将伊顾，吾借芳颜和几行。

2013 年 8 月 13 日

七律·秋（新韵）

山轻水重正秋叠，淡抹浓妆景色谐。
峰上层林如褐染，岸边芦穗似霜捏。
天高气爽云含絮，地静田空草露节。
指点江川当趁早，潜身宅第误时杰。

2013 年 11 月 4 日

七律·雾霾

初冬温暖比春融，沪罩烟霾雾气中。
虽挂金乌难施力，欲除银霭枉图功。
任凭琼晕笼身影，恍历仙乡住玉宫。
但愿借来风宿便，归还宇貌现晴空。

2013 年 12 月 6 日

七律·水仙花

凌波仙子水凝肌，绿叶黄芯玉琢姿。
脚踏瓷盆云出岫，身围碎石雨淋肢。
芬芳弥漫厅堂瑞，葱翠充盈荜户慈。
腊月寒冬多素客，婀添佳节紫微仪。

2014 年 1 月 17 日

七律·海棠花（新韵）

惟恐夜深魂梦去，故烧高炬挽红裳。
枝枝妩媚多矜重，朵朵婀娜少冶狂。
风过犹忧伤粉脸，阳拂还怕改容妆。
虽说憾事无香味，质丽嫣然盖众芳。

2014 年 1 月 24 日

七律·养兰经

三周一次春秋水，冬减夏增宁少浇。
月月微肥埋土里，天天光照避炎焦。
防虫防冻常清洁，颐叶颐根略带潮。
莳养雅兰原本易，苗勤人懒定花娇。

2014 年 1 月 28 日

七律·赏梅（新韵）

风和日暖赏梅花，云淡天高兴大发。
故道旧园溜步劲，艺林展苑品声哗。
遍收霓彩争娇貌，微惋芳泽露素桠。
馨溢影留春色里，笑迎百卉竞朝霞。

2014 年 3 月 13 日游世纪园梅岭

七律·白兰（新韵）

蕾如簪玉刻难臻，花似银莲自瘦身。
有貌有姿呈素雅，不娇不媚透清纯。
沐风栉雨春藏蕙，噙月含曦夏吐馨。
香溢云天虽赞语，芬芳冠首却逼真。

2014 年 6 月 7 日

七律·初春图

虫嘶鸟叫交鸣密，草嫩烟殷组画稠。
雨细风斜储水缓，泥松土软种禾遒。
田欢地悦三江带，林舞山歌百果洲。
暂短人生春几是，莫辜岁月到深秋。

2015 年 3 月 15 日于瑞金医院住院时

七律·牡丹（新韵）

富贵花开百样装，雍容国色抱天香。
凭姿曾宠皇庭苑，守份遭谪帝洛阳。
笑历风寒存傲骨，淡然华丽伴春光。
凡间本是留根处，落户民家也奕扬。

2015 年 4 月 24 日

七律·圆明园游感

满目残垣满目苍，百年遗迹证羸强。
清兴清毁皆治史，朝盛朝衰尽政纲。
八国联军烧抢掠，万园之首烬灰荒。
中华苦难虽过去，淬砺横戈务自刚。

2015 年 8 月 29 日

七律·入冬（二冬）

微微细雨越秋冬，龙子巍巍下九重。
彤幕低垂遮峻岭，朱帘高挂掩芳容。
风声冽冽添衣厚，寒气嗖嗖护面浓。
南国未曾飘瑞雪，北江水冷鸭藏踪。

2015 年 10 月 29 日雨，阴冷

七律·长江（三江）

鬼斧神工第一江，兵家墨客伺无双。
黄鹤楼内崔郎句，赤壁水旁诸葛腔。①
飞架铁桥虹彩短，竟修港口巨龙庞。
奔腾不息通东海，万代千秋育我邦。

2015 年 10 月 30 日

七律·笔（四支）

泼墨行文笔一支，翻山倒海手轻移。
端临峰壑勾浓淡，指点川原逐坦迤。
凤舞龙腾飞雅画，云翔壁走驻佳辞。
尽吞湖泊江河水，造就中华翰宝持。

注：笔，特指中国毛笔。

2015 年 10 月 30 日

---

① “黄鹤楼”最初名“辛氏楼”。“鹤”应平，若用“辛氏楼”可满足，但意差点，对仗也差点；本联前三字的对仗，除地名对地名外，还有“黄”对“赤”。《黄鹤楼》作者崔颢官至司勋员外郎。

七律·竹（五微）

涧竹林幽莽翠微，风号雪啸更昭晖。
挺身昂首朝天立，脱叶张操向地归。
幼固嘴尖皮拥厚，老然胸广腹陈菲，
诗家常喜湘妃泪，夫折其贫气节威。

2015 年 10 月 31 日

七律·砚（六鱼）

池水微微不养鱼，只装社稷众黎书。
个头小小难支物，却顶山河半壁庐。[①]
足迈寒门行富户，身连江海接沟渠。
欲知生地寻何处，端歙洮澄位上居。

2015 年 10 月 31 日

七律·墨（七虞）

体虽漆黑却知虞，恰似春江识海途。[②]
若改玄颜难水洗，但更玉貌易涓涂。
昔从老少撑天地，今遇瓶机空酒壶。[③]
现代辰光金寸买，那年徽宝几人图？

2015 年 11 月 1 日

---

① 首、颔联为扇对。最后一句列四大名砚。

② “虞”意很多。如，古朝代名、官名、兽名；还同“娱”；虞乐、“虞姬”、《虞美人》等。

③ “空酒壶”，指昔以笔墨为生如账房、卖字等业人，今绝了。今墨多瓶、机装。“空”，读第四声。

七律·纸（八齐）

蔡伦纸术与名齐，人类文明故此霓。
破布烂纤溶贱体，出堂入室挂高题。
南来北往传鸿雁，东走西奔送士梯。
扁扁平平无肚腩，古今中外事通携。

2015 年 11 月 1 日

七律·松（九佳）

岁寒三友论谁佳，我把青松列首排。
绝壁悬崖羞畏险，峻峰峭壑正称怀。
栉风沐雨精神抖，傲雪凌霜壮志谐。
墨迹常镶身俊影，香针劲骨伴书斋。

2015 年 11 月 2 日

七律·梅（十灰）

漫天飞雪漫天灰，百卉齐喑独绽梅。[①]
铁骨铮铮傲风雨，幽馨冉冉冠芳魁。
毋争娇饰毋争宠，只为君容只为才。
待到春晖溶大地，悄然归去让新栽。

2015 年 11 月 2 日

---

① 灰，形容词。

七律·雾（下平十三覃）

雾中漫步纵思覃，欲臂腾飞少俊骖。
伸手拥摩怀缺物，抬头张望眼蒙岚。
蒙蒙水榭漂仙境，隐隐楼亭若昊簪。
足带浮云身绕练，恍登霄殿饮微酣。

2015 年 11 月 7 日傍晚

七律·冬荷（新韵）

半塘枯水半塘焦，满目干枝满目萧。
掠影浮光难抚眼，深根固蒂却生瑶。
入泥叁尺堪奇遇，伸手壹扎或幸标。[①]
腊月隆冬时可祭，飨君抱玉会芳宵。

2015 年 11 月 11 日游世纪公园

七律·兰草

质本山中草一株，任凭风雨雪霜濡。
自从落户民居院，无复担心瘦弱躯。
早伺晚临名媛爱，日恭夜敬士君谀。
身家平地腾空起，但愿颜开报主劬。

2015 年 11 月 23 日

---

① “扎”，动词；另，量词，即手指伸开的距离，此与“尺”借对。

七律・豫园

曲桥绿水锦龙红，仙女莲坛袖舞风。
池内清泉喷玉落，岸边店肆晒商雄。
游人如织穿梭过，笑靥生花映画融。
古老城隍沾雅兴，俗家骚客吐文疯。

2015 年 12 月 14 日于豫园咖厅兴作

七律・梅韵

雪压枝头互艳彰，阳陶萼瓣吐幽长。
天生峥骨藏娇妩，自绽红颜蓄酪浆。
冬冽虽无峰蝶绕，春萌却有媛绅狂。
相完大地苍茫色，再送葱茏伴众芳。

2016 年 2 月 6 日观梅吐芳而作

七律・初春雨水

新雨绵绵落九重，丝丝扣地润枯容。
凄凄原草苏根醒，澈澈溪流复水丰。
河柳姗姗含弱絮，庄田娓娓待强农。
悠悠万象更妆始，阵阵春潮霁后浓。

2016 年 2 月 20 日

七律·咏春兼和博友“林翁随笔”（新韵）

细雨飘丝溢暖风，柳烟笼罩隐身形。
江波荡荡船欢走，湖影悠悠鹭戏行。
大雁声声乡故返，耕牛款款稼田鸣。
山峰藏翠初春美，万物更新百彩浓。

2016 年 2 月 20 日夜

七律·元宵（新韵）

人间火树连天月，地上花灯衬彩云。
狮滚绣球缭眼乱，迷悬锦旆绕心勤。
汤圆笑脸持家庆，甘泽怀春赠路芬。
原本嫦娥元夜顾，奈何玉兔半醺醺。

2016 年 2 月 22 日，元宵夜半阴雨

七律·霞晚

彤云点点缀空丹，落日长霞染峻峦。
群鸟归林纷影乱，孤鹚傍水独葭宽。
渔歌伴桨声声远，炊野萦晖缕缕欢。
寂寞寒星争早现，余光熠没照飞鸾。

2016 年 2 月 25 日

七律·早春

渐脱棉装渐薄身，日长夜短困眠神。
天怀温暖天更旧，地育馨芳地换新。
春水氤氲春湍急，雪痕渺渺雪成津。
时而早晚虽寒在，不必催拦自绝尘。

2016年3月4日

七律·柳丝

河柳青丝吐翠微，势如落瀑绿屏菲。
水中倒影鱼围戏，岸上垂枝燕闹飞。
一阵清风匆拂过，两头画匠顿藏归。
春华正寄芽黄发，絮等阳天作雪霏。

2016年3月6日

七律·杏花

一枝粉杏出墙来，竞惹狂蜂蝶浪徘。
香暗只因身稚嫩，花明已是窦情开。
半红半白娇容美，多彩多姿韵味魁。
自洁含情何罪有？却招骚客笔胡裁。

2016年3月7日

七律·登东方明珠

登东方明珠是很多年前的事了，时为国内最高建筑。

平身直上三千尺，捷足先登九昊池。
极目远山群岭小，凝神近景众楼逶。
浦江曲水形银带，东海横涛势白骐。
金碧夜宫窥桂月，嫦娥叹服世今奇。

2016年3月9日

七律·白玉兰

自好身纯第一枝，先花后叶早春时。
婷婷簪立梢天貌，楚楚屏开碧玉姿。
满树莲盘香暗涌，半冠白璧色霏迤。
群芳艳正欣然去，留下青颜又是诗。

2016年3月11日

七律·儿时故乡

清明节将近，突思故乡而作。

小河水澈淌村前，柳绕荷塘鲫戏涓。[①]
十里蒹葭天映碧，千层稻谷地连阡。
炊烟袅袅空中起，燕雀吱吱屋内穿。
风朴民真蔬果净，丰衣足食稷农篇。

2016年3月12日

① 村前有条河名叫“小河”。该河连皖河通长江。

七律·油菜花乡

层层菜埂层层浪，片片花黄片片香。
蝶舞只因颜媲美，蜂狂更为蕊盈囊。
滞身阡陌忧伤景，放眼芳容恐漏望。
要问春光何处秀？田园三月客山庄。

2016 年 3 月 17 日

七律·把春

水暖方知春已半，昼长始觉夜眠香。
林空翠鸟声回谷，屋静鼾猫梦绕梁。
地气盘垣衣渐少，阳光直照体增强。
烟花三月佳时短，步戏姑苏再上杭。

2016 年 3 月 20 日春分所思

七律·乡景

粉墙红瓦起层楼，户户门门独院修。
水电环通泥路改，轿车飞驾穑农悠。
然看青壮都离去，却叫翁婆尽守留。
田野荒芜无力顾，儿童伴老几多愁？

2016 年 4 月 6 日回乡返城记

七律·春雨

丝丝细雨罩山川，阵阵微风抚紫烟。
雨细无声滋万物，风微有意醒千眠。
朦胧景致人间少，翠色田原脚下鲜。
放眼凝神春世界，身犹仙境思遐翩。

2016年4月7日雨

七律·踏春

已是花香绿草时，春风和煦暖身宜。
山川笼罩青荷色，湖泊浮漂紫雾姿。
小径蜿蜒通处静，大衢曲坦向幽奇。
人间三月韶华美，脚踏蓝茵纵臂驰。①

2016年4月8日晴

七律·桔花

乍寒还暖尾春梢，桃李花残果换苞。
但见桔枝青未覆，却看蓓蕾白纷交。
香侵郊野缠蜂蝶，蕊吐银丝结子胞。
芳素堪和梅质比，然梅无后自空抛。

2016年4月27日

---

① 阴历三月。

七律·韩湘水博园（二首）

一、古树

古树参苍斗碧穹，千年老木显龙钟。
新芽竞发枯枝劲，旧体争荣翠叶浓。
虎踞虬盘根底固，天滋地养冕冠丰。
卓姿雍态相彰益，各领风骚抖伟容。

二、石桥

碧水横桥数百年，人文史记石基传。
平斜曲直形相异，洞孔廊亭景互牵。
巧匠能工施智手，仙家凡客写同篇。
欲知湘子今何在，丰泽河旁雨顺天。[①]

2016 年 5 月 11 游浦江上游韩湘水博园记

七律·虎

呼啸山林纵霸姿，天然王范额头知。
昔驰峭涧和狮伴，今落平阳被犬欺。
虽赋野生空振奋，却圈领地实萎疲。
幸笼未置身犹杰，且奉游容与众嬉。

---

① 韩湘子，八仙之一。该园名韩湘，园内一桥也名韩湘。丰泽，桥名。桥旁碑文标着一个祈求风调雨顺的小典故。

七律·猴（新韵）

山中无虎俺当王，蹦跳腾挪任自狂。
马戏圆台常奉客，丛林深处乱攀梁。
鬼头鬼脑学人样，猴脸猴腮扮俏郎。
先祖悟空谁不敬，只缘咱技欠时光。

2016 年 5 月 21 日逛浦东野生动物园得句

七律·太平湖游记

三千湖水映蓝天，四面幽峰倒影娟。
见底清波呈碧色，浮光野鸭拨银涓。
龙窑遗址中途路，孤岛猴山半道船。
飞艇浪花飘细语，轻舟泛梦系云烟。

2016 年 6 月 14 日

七律·桃花潭游记

潭水荣枯我不知，踏歌唱岸古存碑。
汪伦豪侃万家酒，李白挚还千尺诗。[①]
史迹仿真毋较劲，先贤遗泽尽同宜。
湖光桃色收瞳底，两岸青峰息汝奇。

2016 年 6 月 14 日

---

① 参汪伦邀李白作客桃花潭的典故。

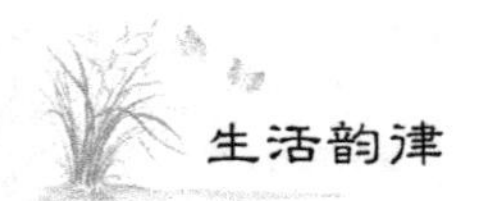

七律·宣纸

中华瑰宝泾宣纸，书画传承载体奇。
世出千年今更誉，品藏百代始方知。
质源藤草檀皮料，功自坊黎技艺师。[①]
人类文明联上古，徽风薰就此名枝。

2016 年 6 月 16 日观宣纸工艺感赋

七律·尼亚瓜拉大瀑布

几年前儿在美匹兹堡读书时曾驱车数百里带我和他妈妈去看尼亚瓜拉大瀑布。看后其他瀑不足道矣。

飞流直泄仞千长，水阔横骑两国疆。
贯耳雷声崖底起，冲天瀑汽顶空扬。
彩虹桥上人游急，少女船中影照狂。[②]
疑是银河惊缺口，魂苏方识地吟章。

2016 年 6 月 26 日

---

① 宣纸三种主材料：檀皮、稻草、杨桃藤。

② “彩虹”、“少女”，观瀑桥、船名。

七律·大峡谷

六七年前，我和太太从拉斯维加斯跟当地的游团乘大巴去大峡谷（Grand Canyon），确被峡谷的气魄震撼了。据介绍，该峡谷因河水的冲刷形成于数亿年前，谷宽处10多公里，谷深处1.6公里，悬崖绝壁，层层叠叠多为赤褐色，壮观极了。谷底河水因地质的关系呈红色，故河又名红河。

千里红河本异功，万寻绝壁世谁同。
赤崖褐石斑斓幻，赭土铜岩异彩笼。
罅隙孤峰天自造，岬窗群宇鬼神工。
层峦叠嶂难穷目，一水牵成亿代风。

2016年6月27日

七律·十二门徒岩

十年前，我和太太随团去澳玩。到墨尔本后，一位在京同室共事时在当地工作的朋友驱车带我们俩去看十二门徒。去时沿大洋路赏海景，返时沿内路看风光，印象深刻。当时十二门徒齐全，听说现在只有八座了。（记得当时数了数，好像是十三座礁岩，其中有座很小，还有座近礁与陆地仍有点悬联，但已严禁过人。）可见岁月之犀利。

惊涛拍岸浪冲天，绝壁悬崖半石联。
十二门徒沧海立，万千风雨斧工镌。
有情岁月雕群像，无极时空构独篇。
庆幸今生观整景，谁知彼失在何年。

2016年5月27日晚

七律·游莱茵河

在德国由一位曾在上海同室共事的朋友陪乘小艇游莱茵河差不多已是近二十年前的事了。莱茵河两岸旖旎的风光、青翠的峰峦、绝壁上的古堡、山坡上的葡萄园地在阳光下形成的橘黄色，以及夜宿崖边小酒店等，都给我留下了深刻的感叹。

未听猿声啼两岸，轻舟也度万重山。
千年古堡凌崖立，百代城垣踞峭攀。
峡谷纵横绵黛色，葡园交错染橙颜。
蜿蜒水道收奇景，小店旁林夜客还。

2016 年 6 月 28 日

七律·登富士山

富士山只在夏天开放，余皆封山。在日本短期工作时，朋友曾两次带我去富士山，都因封山至山脚折返。还是一次出差时有幸上山，且天气极佳。

日本标签富士山，不临难算大和还。
千年积雪形琼顶，百次喷岩造岳寰。
脚踏银湖青水伴，腰笼玉带白云环。
游人有幸登高去，收尽东瀛半壁颜。

2016 年 6 月 28 日

七律·逛坦桑野生动物园

坦桑尼亚赛伦盖蒂国家公园是世界著名的天然野生动物园，1.5 万平方公里，野生动物百余种，野鸟千余类，盛名久负，现入“世界自然遗产名录”。我是七八年前去的。当时一行三人坐着当地黑人开的铁网吉普在里面兜了一圈。

山环四面锁平川，千里横纵水草鲜。
群鹿颈歌红鹤舞，众羚角触黑狒翩。
两犀鸟畜相依恋，三马风牛互不缘。①
留影虎前狮侧过，轻骑越野兽中穿。

2016 年 6 月 29 日

七律·长城（二首）

一

头横碧海尾巡天，万里峰群一线牵。
烽火呼侯君戏丽，神鞭驱石隶劳篇。
喜良枯骨城墙固，孟女孤坟野史眠。
功过春秋谁执说，族魂驰贯数千年。

二（新韵）

万里长城万里疆，东西横贯世无双。

---

① “两犀”，指犀牛犀鸟。它们是互相依存的好友；犀牛脏生寄生虫，犀鸟为它除虫觅食。

“三马”，指斑马、河马、角马（俗名四不像）。它们习性不同。

烽台八百联边戍，关隘千余卫梓桑。
换代换君垣未换，镶材镶土士须镶。
而今史迹成观景，登赏思吟记旧章。

2016年7月3日忆长城游览记

七律·延安

寒窑崇仰伟人篇，石凳犹聆纸虎宣。①
两水交融雷电动，三山鼎立塔辉传。②
枣园思德为民记，杨岭泽东挥党前。③
沟壑竟生新纪史，中华圣地不虚编。

七律·西柏坡

共和国起此村坡，无产功成圣地峨。
三大鏖兵挥旧去，两条务必保新过。
进京赶考书宏卷，坐殿兴民写巨科。
人类史篇翻赤页，乾坤再造谱长歌。

2016年7月4日忆革命圣地参观记

---

① 毛泽东在延安窑洞前的石凳上与美记者安娜·路易丝·斯特朗谈话时最先提出帝国主义等是纸老虎一词。

② 延河、汾川河。宝塔山、凤凰山、清凉山。

③ 杨家岭。共产党“七大”等在此召开，毛泽东很多著作也在此写就。

七律·井蛙

傲目观天井底蛙，瞳缘四壁乐生涯。
常年空对朦胧影，终日枯鸣混沌阶。
腹鼓无功持气节，腿长有力斗苔崖。
苍公偶送甘霖曲，奈性成孤竟斥排。

2016年7月17日晚

七律·仙境路

哈拿（Hana或译哈纳）公路长七八十公里，沿岸傍山而建。据说有桥（均是单道桥）五十多座，道湾六百多（印象中几乎没有直道），沿途瀑布十几个，还有原始森林和植物园等。

今早8点到晚6点儿驾车带我们游看据说是人间仙境的Hana Highway沿线景致。不枉此行，也不枉此说。特录记。

沿海盘山六百旋，风光无限世奇篇。
森林始状生千亩，瀑布原姿溅九烟。
时雨时晴时浪雪，也花也草也鸣鹃。
人间仙境哈拿路，更遇飞虹落面前。

夏威夷时间2016年7月31日傍晚

七律·云

夏威夷的云很特别。天高云低，蓝白相间，样式各异，微微飘动；即使地面风很大，空中云也几不动。抵后第一印象就是它的云。

白絮浮空映蔚蓝，黑绒落地漫烟岚。
山巅总带将军帽，水面时呈佛座龛。
晨色缤纷天褐染，暮光灿烂海红酣。
银丝悠动形仙女，风劲凡尘彼立参。

当地时间 2016 年 8 月 2 日傍晚

七律·立秋（新韵）

云淡天高火未消，梧桐叶落报初寥。
人经两暑身炎倦，穑历三伏籽赤烧。
今固秋归秋虎猛，明虽夏去夏蝉嚣。
只须场雨悠然过，凉枕眠床伴梦遥。

2016 年 8 月 7 日，立秋

七律·枯秋

风休云息是枯秋，烈日凌中比暑牛。
芭扇难摇腔腹热，棉巾不尽体精油。
空调可造低温室，冷气能伤老骨头。
揖手朝天求适雨，环球浇透好清幽。

2016 年 8 月 17 日感上海秋后无雨高温不退

七律·清秋

阳红晨夕许遥看，潋滟平湖薄霭阑。
荷翠莲香遮倩影，橙黄叶绚隐群峦。
天穷形极青深染，地富颜泓褐主漫。
气爽年中无二景，尽情酹赋助君欢。

2016年8月31日

七律·深秋

蜂巢蝶穴艳芳收，水静山阑草木修。
地举金黄蒙浅调，天持青黛隐深幽。
枣红点点垂枝重，谷赤条条屈首羞。
暮色如暾多实照，细钿难买晚来秋。

2016年9月9日

七律·桂香

细花如粟吐奇香，醒脑幽脾溯腹肠。
绿叶青枝藏色秀。丹阳紫气育岚祥。
行人驱足闻身醉，佛祖留连度众忘。[①]
莫道尘间多恼事，单凭此树也扶桑。[②]

2016年10月16日

① “连”，辇也。

② “扶桑”，多种意思，其一神话中的树名，指日出处，代指太阳，此喻阳光。

七律·耕牛

农事千年领半功，硕躯薪草报家东。
抬头蹄奋田翻浪，低颈腰弓地播虹。
五谷丰登余汗积，三牲奉祭此身崇。
偶持牛气难申表，横鼻缰羁顺小童。

2016 年 11 月 20 日

七律·耕牛（续）

牧笛横持映晚霞，疲蹄惫体对归鸦。
临塘戏水惊鱼起，缘草宽环乐腹奢。
终日辛劳忠主事，偶然逸息背童家。
谦恭如故人常见，怒角争锋性也邪。

2016 年 11 月 21 日

七律·猪（新韵）

天蓬元帅下凡尘，从此人间敬若神。
蓄养不辞脏与秽，期肥肯付苦和辛。
任吃任睡形憨态，毋作毋劳状贵身。
貌丑高压能娶妇，谁识雅量腹千钧？

2016 年 11 月 24 日

七律·公鸡（新韵）

虽说好斗性天封，啼晌鸣更也本能。
欲效鲲鹏扶万里，奈何翼翅短三成。
扑腾叫啸窝边事，作乐寻欢类里亨。
傲气身躯弗下蛋，剩将彩羽奉顽童。

2016 年 11 月 25 日

七律·母鸡（新韵）

草地刨餐喙爪功，咯声轻唱遇蛾虫。
自食其力图温饱，外助余资冀体丰。
日报姑婆嫌蛋少，年孵子后抱窝兢。
领群护崽摇方步，展翅倏间母媚生。[①]

2016 年 11 月 26 日

七律·蟹

水下称雄独自横，谁人不识本芳卿。
一双大脚腾空舞，四对长矛顶地撑。
盔甲护身嫌厚薄，凸睛傲世唬乖诚。[②]
奈何旦夕凌花绑，顿作佳肴祭老坑。

2016 年 12 月 3 日食蟹随提

---

① 母鸡通常不展翅，但小鸡遇敌时，母鸡会立即展翅护庇。

② 蟹在成长过程中不断脱壳。

七律·红梅

几点嫣红绽绿枝，平添冬色冀春迟。
茫茫大地生娇媚，冽冽寒苍展妩姿。
脱尽旧颜更故貌，畅开怀抱吐胸辞。
任天抖擞纷飞雪，却叫胭燃白絮慈。

2016 年 12 月 8 日看阳台红梅绽红而作

七律·红梅（续）

持风料峭送冬寒，倚日临窗吐渥丹。
往岁姗姗春报晚，今年炽炽节迎宽。
红颜一笑酬知己，粉面千张舞凤鸾。
宅第平添芳草色，雄鸡唱早树峨冠。[①]

2017 年元月 30 日看阳台红梅花欢而再欣赋

七律·初春飘雪

疑是梨花洒满天，却才赏识已茫然。
山川虽作朦胧色，河汉还归混沌悬。
红日刚萌凝水尽，乌云顿散碧空延。
落英几片馋馋眼，瑞气临庭总旺年。

2017 年 2 月 9 日记晨飘大雪后瞬即红日高照

---

① “芳草”也指人之美德；见“自诗人比兴，皆以芳草嘉卉为君子美德”之句。“树”既为动词又为名词。多层含意，也为衬题。

七律·元宵（二首）

一

元宵灯烛射天穹，清冷嫦娥慕地融。
百里魔都陈古韵，浦江两岸错霓虹。
虽无烟火腾空跃，却也繁星伴月丰。
年味寡浓时少感，商家看尽抖真功。

二

十里长街映烛红，当头明月继秦风。[①]
千年习俗今宵灿，万计民工昨旅匆。
非是乡村无夕节，实缘都市有钱公。
汤圆若向先过顶，但祝家山早郁葱。

2017年2月11日，元宵节

七律·丝柳

垂身欲拂水中天，数点涟漪诉汝妍。
细雨笼烟催绿色，微风恋絮挽幽弦。
莺歌燕舞丝绦下，子滞仙留柳陌前。
阿娜全凭姿弱美，人间几处赏貂蝉？

2017年3月3日

① 据称元宵节最早始于秦代。

七律·春耕

春风拂面水仍寒，新燕衔泥竞废餐。
布谷催耕鸣夜脆，老牛奋力驾晨欢。
挥鞭村叟嫌蹄慢，送馔乡童喜野宽。
旬日枯田犁浪尽，一年农事始今端。

2017 年 3 月 4 日

七律·春野

风和足惬步郊茵，迎面泥香伴草氤。
几处山桃枝正吐，一行岸柳叶垂缗。[①]
溪头鱼戏翁馋手，巷尾禽喧妪绕身。
闹市霓虹恒视漠，履临村野始知春。

2017 年 3 月 14 日

七律·山村（新韵）

掠光浮影看乡村，青瓦垣墙仰次鳞。
半数庄田堙茂草，一坡山地长荆榛。
七翁八妪珍相见，九少十童贵比邻。
鸡犬往来声渐减，晚炊过后路灯昏。

2017 年 4 月 6 日

① “垂”，副词，意将要；“缗”，动词，钓（鱼）。

七律·夏夜（二首）

楼暗灯明托九穹，远山近水尽朦胧。
清风自在撩衫乐，弦月无为照夜融。
万物顿宁尘渐落，千元将始本徐工。
灵魂含静归深处，槐夏宵余享际空。

2017 年 5 月 20 日

南风轻拂润心房，极目玄苍顿思亡。
虽说春光无限好，难勾夏夜有期当。
衣单形薄身修倩，月满星稀路竞芳。
未到三更眠者少，笼昏罩暗享清凉。

2017 年 5 月 21 日

卜算子·上海之夏（新韵）

骄阳凌空高，大地昏如烤。
花草垂头树肃冠，只有蝉嘶叫。

地面腾青烟，路上行人少。
躲进楼阁一统凉，室外温恒跳。

2013 年 7 月 28 日

清平乐·中秋

苍穹碧月，今最清清澈。
华夏子孙齐目猎，敬听吴刚论物。

自古何事中秋？人勤地惠禾收。
暂卸昨时辛累，悠然啖饮浓稠。

卜算子·秋月

冰轮挂天穹，玉宇长空静。
似水银辉洒九寰，偶有浮云兴。

酿桂数吴男，舞袂惟娥影。
献给人间尽是欢，寂冷空悬镜。

2013 年 9 月 18 日，中秋

鹧鸪天·初冬

梅绿枫黄草结霜，虫萎鱼静鸟儿藏。
时时寒夜吹风朔，每每光桠令目苍。

星斗动，日辰扬。酷天似昨又冬装。
宸行地转时轮换，人面年痕几复芳？

2013 年 11 月 20 日

清平乐·下雪（新韵）

鹅毛大雪，沪地难得，故调《清平乐》两首。

苍龙争斗，搅九天寒透。
珠沫甲麟酬宇宙，翻卷舞腾风骤。

天地苍莽浑然，乾坤玉裹银湮。
路客紧衣驰速，高耸两道莹肩。

清平乐·落雪（新韵）

彤云密布，似漫天帷幕。
无数琼花藏不住，争向昊空翻舞。

更有风作朋俦，相伴飘落九州。
塑就晶莹世界，欲度华夏丰收。

2013年12月18日

沁园春·春雨

霪雨霏霏，丝缕一般，路人断肠。
但枯溪流动，似吟还唱；涸塘水满，舞浪兼扬。
原野涔深，山川润沛，万物苏醒竞自忙。
不旬日，看河边柳絮，桃李争芳。

濛濛细雨南乡。遍地尽呈无限媚光。
有青砖曲巷，断桥弯水；俊男佳女，倩影鲜裳。
景色相宜，人文互衬，单等晴天出艳阳。
耕牛走，任田园欢跃，地换新装。

2014 年 3 月 1 日

卜算子·樱

翠固染春深，花却迎时少。
棠谢梅归杏未开，桃李均嫌早。

独见丽春樱，花正霞红俏。[①]
满树氤氲映朝晖，炽款游人笑。

2014 年 3 月 26 日受同学邀去顾村公园赏樱作

临江仙·中秋月（新韵）

月上中秋格外倩，冰轮早是东临。
嫦娥舞袂数今缤。士民昂首望，孺子俯身吟。

万里长空如碧水，婵娟娇媚持矜。
风轻云淡夜初深。苍穹更黛色，玉兔更清纯。

2014 年 9 月 8 日

① “丽”，含“依托、系附”意。

一剪梅·春

雷唤春归万物幽。雨细风柔，处处茵洲。
桃红柳绿竞相酬。花上枝头，每每含羞。

日丽祥和野外游。影照溪流，神爽桑畴。
倏然山际滚云遒。丝雨如抽，急躲车舟。

一剪梅·夏

烈日凌空地冒烟。蝉叫连连，蛙叫连连。
青禾草木尽垂颜。人也蔫蔫，畜也蔫蔫。

却有农夫不畏煎。辛作田间，汗水成涓。
但求云块掩阳天。风掠身边，胜饮甘泉。

一剪梅·秋

秋雨秋风枫叶黄。浊暑终祛，清露初扬。
秋光秋景正秋装。一遍青蓝，几点花黄。

万里长空雁两行。声咽嘤鸣，奋翅他乡。
新城不记旧农庄。金色禾田，村老辛忙。

一剪梅・冬

冽冽寒风刺骨凉。水冻川荒，哈气成霜。
或来一阵雪猖狂。天尽苍苍，地也茫茫。

现代人家住暖房。季候流淌，难识其祥。
民工许在砌高墙。筑梦他乡，缘自贫郎。

2014 年 9 月 17 日

临江仙・暮色

日近虞渊容绚丽，人临暮色心悠。
锵锵脚步已轻柔。腹中流岁月，口里隐君侯。

再看天边云卷展，人间依旧春秋。
任凭万物竞欢惆。阶前花带笑，庭外草含羞。

2014 年 10 月 16 日

临江仙・花草吟（新韵）

道似无情情却重，单差语谢君酬。
冬梅夏菡桂菊秋。百花托世艳，千彩较仙俦。

闲事阳台犹禁圃，几番荣萎欢忧。
红蓝青紫色难求。一分情付去，双倍谊回收。

2014 年 10 月 16 日

念奴娇·长江感叹

大江东去，不程返，奔泻翻腾千里。
窄道弯流，矶燕壁，无尽江花击起。
偶遇平途，湍松水缓，却隐回流积。
从无停歇，直奔东海方寄。

而我今谓人生，恰盘垣起伏，堪同江比。
一曲天声，惊地泣、宣告人生开启。
少学青拼，终身沽位禄，老还修第。
沉浮三度，或然功满西已。

2014 年 11 月 5 日读苏轼《念奴娇·赤壁怀古》后作。

忆江南·岛国天气

南国岛，四季不分槽。
旭日东升晨海染，夕阳西下晚霞烧。
家坐似汤浇。

忆江南·岛国天象

南国岛，天象也真刁。
东雨西晴尘不染，北明南暗客毋焦。
篷盖路如寮。

忆江南·岛国环境

南国岛，总是百花娇。
蝶舞香丛无早晚，蜂迷芳旨少晨宵。
怡美画难描。

忆江南·岛国风情（新韵）

南国岛，华裔主根苗。
地小人杰仁信厚，儒根鞭治礼节高。
传统胜天朝。

2014 年 11 月 25 日，新加坡生活碎忆。

虞美人·红梅（新韵）

虽无冰雪压枝俏，凝露催花笑。
阳台咫尺绽红装，羞怯倚窗掩面赏花娘。

幽香阵阵梢头涌，全靠严寒宠。
暖阳相伴入堂中，陋室顿生瑞气喜融融。

虞美人·寒梅（新韵）

隆冬腊月长天雪，草木萧萧谢。
枯园荒岭一支红，昂首挺姿怒放冽风中。

红装素裹晞晴日，魅引游人炽。
待冬蹦去百花催，仍有残香如故伴春晖。

2015年1月28日

西江月·新加坡游

乌吉路宽店敞，牛车水窄街华。
胡姬坛里赏兰花，动物园游夜雅。

鸟戏禽园弄语，人悠赌具怡茶。
再奔景点圣淘沙，音乐喷泉水画。[①]

西江月·新加坡游

乌吉路宽店敞，牛车水窄街华。
胡姬坛里赏兰花，音乐喷泉水雅。

鸟戏禽园弄语，人悠睹具怡茶。

① 八句话八景点：乌吉路、牛车水、植物园（胡姬花）、夜动物园、鸟公园、赌场、圣淘沙、音乐喷泉。

南洋岛国揽奇葩，钞票不如银卡。[①]

2015 年 5 月 28 日

卜算子·梅雨季

天地雨丝绦，朦里江南俏。
绿伞红裙隐雨中，犹似荷仙缈。

缈也不关心，只把霉丝恼。
但愿明天太阳红，湿物干多少！

2015 年 6 月 28 日

十六字令·桂香（五首）

香。桂树开花遍地扬。随风漫，馥郁醉心房。

香。气色姿容牡夺皇。评单项，桂冠味中王。

香。秋色田原俩赤黄。菊和桂，各自挚秋觞。（新韵）

香。桂吐芬芳数日长。良辰短，莫负好时光。

香。桂影婆娑自盛装。秋霖过，只剩瑞呈祥。

2015 年 9 月 24 日

---

① 比前八句少了个夜间动物园。来叻旅游的人，去夜间动物园的恐少。音乐喷泉位于圣淘沙岛内。

渔家傲·中秋夜

桂影婆娑吴氏斧，蟾宫玉兔持灵杵。
似伴嫦娥狂起舞。听私语，邀人与共同欢度。

今夜寒宫无比楚，琼楼银阁昭容数。
思欲上天邻里处。无鸾路，福庭还是亲团聚。

2015 年 9 月 27 日中秋夜

十六字令·洋（四首）

——献给那些常年在海上漂泊奋斗的海员们！

洋。涌动天翻浪倒狂。舟帆过。白鹭舭翱翔。①

洋。平静犹如处女祥。银滔起，白练曳天长。②

洋。无界无疆好走商。丝绸路，竟渡舸穿忙。

洋。踏浪餐风织海郎。英雄汉，日夜奋国强。（新韵）

2015 年 11 月 21 日

① “白鹭”泛指白色的海鸟。

② “白练”指船舭迹，天气好时长长的像一条白绸带一样直通天际。

满江红·盆景松

本伫峰崖，凭天地、风霜雨雪。
巍峻立、叶繁枝茂，锷青皮铁。
傲视苍穹经岁月，俯临大地方雄杰。
怎奈何、人类欲难平，颐心切。

泥盘小，山土缺；温室暖，肥材拮。
致身轻体瘦、众呵群掇。
臂缚铁条茎不展，脚盘石砾根难惬。
到如今、只剩俏娇躯，由人猎。

2015年12月1日晚

忆江南·雨后

春将尽，细雨洗凉尘。
碧水青山斜照日，粉墙浓柳互盈邻。
未夏景先陈。

忆江南·雨后步晚

风拂面，雨后气馨兰。
细听虫吟芳草底，碎闻莺啭瑞林端。
翁步独行欢。

2016年5月3日

水调歌头·荷

初夏荷塘绿，联袂护瑶池。
花红盈日、争艳波上竞芳姿。
碧水清泓俏立，翠色粉颜互衬，起舞戏风时。
持雨弄清影，残滴教人痴

何娇媚，天生质，不须题。
污泥深处、根直玉比也藏疵。
空窍能容物事，洁体原来身贵，何况折还丝。
供赏凡人爱，奉曲作家师。

2016 年 5 月 14 日

水调歌头·蛙

千里禾田绿，万里响鸣蛙。
沉眠冬际、临夏忙唤众声哗。
腮鼓吟歌破仄，突眼楞看平曲，坐股待时嘉。
纵跳谁能比，泳水倍儿佳。

小王国，惯称霸，眼无邪。
湖塘统领、横视族界幼鱼虾。
白日隐身荷底，夜晚穿梭禾下，灭害食无遐。
谁料益田物，今也祭饕牙。

2016 年 5 月 15 日晚

沁园春·大暑

热浪滔天，地气生烟，八面熏陶。
望申城四野，青禾半悴；浦江两岸，绿树微焦。
豪栋环银，高楼罩紫，更有工棚似火寮。
蛙田叫，独荷塘碧色，水静花娆。

轻抛汗水能瓢。四十度温恒算半烧。
看云娘美女，薄身厚面；伟男俊士，瘦体肥腰。
纵暑难熬，任阳劲照，溢美之心谁动摇。
健为要，得心宁眠早，豆粥咸肴。

2016 年 7 月 22 日，大暑，温 40 度，和太太在南京路穿街而作。

鹧鸪天·海滩（新韵）

朵朵白云衬碧天，莹莹波海泛蓝颜。
水花卷起千层雪，冲板犁平万点斑。

微露女，赤身男，三三两两晒沙滩。
白条浪里鱼相戏，飞伞空中系艇帆。

当地时间 2016 年 7 月 30 日傍晚于毛伊岛

桂枝香·秋赋

水澄气肃。恰漫溢仲秋，景实盈目。
千里禾田色赤，楚农吟斛。
青峰断处斜阳寂，袅炊烟、隐墙如幅。
曲江帆影，棹歌临水，近昏尤睦。

素光里、深藏岁熟。叹昔日春红，竞相颜逐。
历夏凭宁，熏炙幸哉犹馥。
世间旧事堪流水，只今时、紫薇新簇。
夕阳如血，晚云飞渡，再趋黄菊。

2016 年 9 月 11 日

满江红·秋感

气旷山河，登高处、天连地接。
秋郁色、漫无边际，目缘涉猎。
淡泊春秋人固少，浓醇冬夏情尤切。
白头翁、抬眼望空穷，胸潮热。

天难老，年易迭；情未竟，人迟歇。
已知书无玉、独欢私撷。
窗外黄花香瘦断，案前翰墨滋肥烈。
倚暮年、闲志对三晡，凭心悦。

2016 年 9 月 12 日

桂枝香·仲秋月

仲秋赏月。看点点浮云，衬托盈缺。
好似吴刚伐桂，约君魁挈。
姮仍跹舞寒宫独，羡人间、阖家团悦。
上苍环碧，邃穹如昼，望辉欣谒。

只今夕、台风傍贴。叹雨满街头，夜华云灭。
节本恭亲，情寄庆丰寻惬。
天毋作美人然美，饼仍圆、酒更醇烈。
壶收皓魄，怀藏玉镜，共天和协。

2016 年 9 月 15 日中秋

卜算子·茶蕾

已是雪纷天，碧叶青如故。
更抹胭脂露俏颜，只待寒阳赋。

抖擞越隆冬，争艳迎新曙。
三九冰心怒放时，卉后惿同处。①

2016 年 12 月 28 日看茶树含蕾欲放而作

① “惿”，音提；胆怯意。

卜算子·梅蕾

叶落在深秋，一夜青枝秃。
莫道无情总是风，腋底藏关曲。[①]

时转琼英飞，柳暗花明倏。
点点丹红衬素装，旦等香飘掬。

2016 年 12 月 29 日

喝火令·梅[②]

大地封冰雪，寒天冻雨云，
万花凋谢气萧啧。
唯有玉奴娟秀，抛面对君殷。

骨傲身形陋，容端色彩纷，
更怀馨厚令心醺。
俏不尤佻，俏不竞周氛，俏不薄春争艳，
笑迎众芳邻。

2017 年元月 25 日填正格记阳台上红梅花开第三年

① 梅蕾生在叶腋处，叶脱蕾后生。

② 注：宋词中留传下来的“喝火令”据说只有黄庭坚的一首，无其他可比较。它讲究“二仗三枪一破一衬一应”且平仄固定。故有“此曲前无古人，后必有来者”之说。

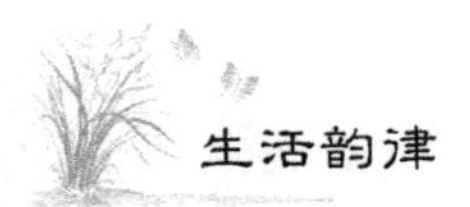

喝火令·初春

细雨勾新色，微风带旧寒，
冻天冰地一宵阑。
晨霭宛如仙境，霞晚更中看。

大地幡然醒，涓流顿尔喧，
万千新象比时阗。
又到春融，又到柳如烟，又到百花争艳，
福泽溢人间。

2017 年 2 月 8 日傍晚散步中腹正格

渔家傲·早樱

傲立寒冬身赤秃，任凭冠绝朝天肃。
一夜春风招雨逐。晨惊倏，银花满树金花簇。

小苑楼头观景独，锦团绚丽莹双目。
忽又雨濡风拂续。入泥郁，果红一片藏春绿。

2017 年 3 月 9 日看小区樱花一夜满树冠而作

忆秦娥·楼台月

楼台月，微风轻拂清辉泄。
清辉泄，参天云阁，窗灯星迭。

更阑尘静银蟾雪，昊空穹冷浮云歇。
浮云歇，檐光斜挂，梦清词撷。

2017 年 3 月 12 日

鹧鸪天·春寒

陡峭春寒冷雨酬，桃华初露气藏收。
柳丝难尽翠微意，娇艾期飘轻薄绸。

风转向，日躬头，阳春三月势乌踌！
南乡一夜清辉月，顿叫江天半冽休。

2017 年 3 月 26 日

南乡子·重游韩湘水博园

石刻“浦江魂”，弯水廊桥引入门。
新砌古基参古树，江邻。闽皖湘南遗物陈。[①]

清雅景园村，得道湘仙故院闻。
饮水省源头上起，治根。碧水兰庭倒影亲。

2017 年 4 月 12 日

① 遗，音卫。意赠，给，馈遗。

南乡子·牡丹

贵领百花王，曾也遭诛谪洛阳。
经挫更生英气貌，顽强，装点人间尽帝乡。

娇媚敌群芳，首富身荣却不狂。
遍历暑寒风雨骤，矜祥，四月春融正倩装。

2017 年 4 月 14 日

南乡子·柳絮

柳絮莫飞扬，留住春华好把觞。
无奈光阴如逝水，情殇，遍地英魂色郁苍。

风卷漫天飏，奋兴飘零比雪狂。
路上行人眉染白，遮藏，绿水春江也换妆。

2017 年 4 月 15 日

踏莎行·西湖

一卧孤峰，两尊古塔，三枚翡翠湖心纳。
三堤桥断实纵横，五湖月拥潭天合。

碧水涟漪，淡浓间杂，风光无限姿英飒。
西湖西子喻千年，且看今日吴天甲。

2017 年 4 月 19 日

江城子·初夏落日

悬山落日透嫣红。貌雍雍，色融融。
辉射长天，翰染上苍穹。
淡淡行云形若泼，姿影幻，赛神工。

苍茫暮色映青峰。刺天宫，摘余彤。
遥望炊烟，楼阁渐朦胧。
又是夕阳无限美，姗隐去，永留胸。

2017 年 5 月 10 日

沁园春·浦江

湖口悬西，沧海陈东，两岸逐高。
看兰亭曲水，千年滋息；漕河汉港，百里穿嚣。
货贸宏流，舟帆劲渡，日夜吞倾镇饕餮。
还云否？旧洋场十里，逆水横涛。

藏龙卧虎腾蛟。引大佬名花竞折腰。
拜东风化雨，污清垢肃；西霖卷土，貌改颜韶。
隧铁横穿，桥虹高挂，层阁摩楼环比宵。
极目眺，愿澜清水秀，与日妖娆。

2017 年 6 月 4 日

采桑子·春

芬芳泥土春行早，莫道寒迟。莫道寒迟，万象更新日逐驰。
春华绚丽韶光短，莫负良时。莫负良时，一刻千金当惜为。

采桑子·夏

桃红柳白纷飞乱，燕舞田头。蜂舞薹头，青甸黄花稼事稠。
温和孟仲舒长袖，步幅清柔。衣幅轻柔，难禁长天赤汗酬。

2017 年 6 月 8 日

采桑子·秋

骄阳仍炙耕园里，半地禾桑。半地工商，乡野城风混色装。
春华秋实人辛织，几处橙黄。几处丰光，地尾田头民望藏。

采桑子·冬

苍茫大地浮原色，北国晶莹。南岭葱青，几度寒风梅菊馨。
漫天雪舞隆冬劲，哈气成冰。伸手凌兢，恰伴黎民日月耕。

2017 年 6 月 9 日

沁园春·热

烈日凌空，紫外帮凶，地似火烧。
望申城内外，炽情滚滚；浦江上下，热浪滔滔。
气烫身溶，温屯体燥，卌度余威逐日嚣。
虽俄雨，似扬汤止沸，顷刻全消。

上天修炼情豪。引人竞风流物竞骚。
看骄娘伞底，云腰尽露；倩男路际，汗眼偷抛。
客步匆匆，行人寞寞，独有鸣蝉胡乱号。
无处躲，只蓝衫日下，白领空调。

2017 年 7 月 23 日

生活篇

五绝·引言

人生凡曲美，尘世雅音幽。
华发萌闲志，诗坛辍哺求。

2017 年 7 月 24 日

五绝·题照

庭景葱葱郁，炉熏袅袅悬。
桌几堪比镜，独照品书仙。

2013 年 6 月 10 日

五绝·重阳

黄花清气爽，陶菊素芳侵。
佳节含香泽，瑶容敞我襟。

2013 年 10 月 14，重阳

五绝·静

漫漫浮生路，茫茫闹世天。
惟修心谧谧，方享寿延延。

2014 年 5 月 23 日

五绝·聚餐戏（新韵）

吃饭就吟诗，囊空哪有词。
胡诌三两句，权当佐肴资。

2015 年 2 月 8 日

五绝·过生日

生日年年有，人情事事高。
同窗儿囍宴，寿面午先饕。

2015 年 3 月 28 日

五绝·闺聚

昔日闺中友，谋生隔国思。
今宵终客聚，相执两忘时。

2015 年 6 月 2 日记太太昔蜜回国聚会

五绝·无题（新韵）

心宽天地阔，体健暮光强。
无欲夕福久，悠为岁月长。

2015 年 6 月 9 日

五绝·修炼（回文诗）

苦难修人世，辛艰砺圣贤。
赤金纯火炼，身净悟真禅。

世人修难苦，贤圣砺艰辛。
炼火纯金赤，禅真悟净身。

2015 年 7 月 2 日

五绝·萱草

貌陋神情雅，形微质品真。
暑天茎叶茂，张蕾拥君辛。

2015 年 7 月 4 日

五绝·喝咖

邻座黑咖香，馋涎老饕郎。
掏钱寻苦味，人本贱皮囊。

2015 年 7 月 7 日

五绝·疏烦

凡尘多苦味，福感本心生。
世事难长短，疏烦好自行。

2015 年 8 月 14 日

五绝·逛天安门（新韵）

为庆九三观，城楼圣景关。
傍边溜两步，头顶辣阳还。

2015 年 8 月 27 日

五绝·拔牙（新韵）

人老骨头松，伶牙变藁葱。
常疼无奈处，拔去一劳终。

2015 年 8 月 31 日

五绝·儿在旅途

儿旅夜空飞，慈心紧伴随。
守机和被等，落地展凝眉。

2015 年 9 月 23 日

五绝·情思

皓月当头照，清辉拂面凉。
举杯邀桂魄，对妇念儿郎。

2015 年 9 月 27 日中秋夜

五绝·散步

滨江步道弯，半路雨催还。
躲进天家店，和妻品味闲。

2015 年 10 月 4 日

五绝·鱼生（新韵）

东瀛鲜海产，味美滞舌尖。
偶尔来一顿，权当解小馋。

2015 年 10 月 4 日

五绝·绝句

字字盘鸣石，行行聚彩鸾。
文虽勾四句，欲事废眠餐。

2015 年 10 月 4 日

五绝·童心

俏面醒年轮，肤膏惜晚春。
无情流岁月，有爱保童真。

2015 年 10 月 22 日于公交车上

五绝·寿面

求庚汉武狂，条面作文章。
本是农家物，传今贺寿康。

2016年2月14日晚贺太太生日吃寿面而作

五绝·远朋

朋来千里外，情注一杯浓。
未饮心先醉，开怀掩别容。

2016年2月17日夜

五绝·笔情

苍茫字海行，巧遇贵诗评。
有幸三生事，难求笔上情。

2016年2月20日夜依“林翁随笔”韵

五绝·笋烧肉

山笋借春肥，高厨配味菲。
东坡镶脆玉，快朵将门威。

五绝·色拉

青丝镶玉翠，容色两相间。
绚丽春光祭，尤需雅素颜。

2016 年 3 月 2 日

五绝·柳暗花明

历寒春展色，挫后福容怀。
世事无常理，心宽坐鼎槐。

2016 年 3 月 29 日记儿本次办美签证

五绝·肾石清

医初虽态劣，诊效尚如期。
肾石全清去，身轻复鹤姿。

2016 年 3 月 30 日

五绝·健步

冬对寒风雪，夏迎焦日头。
四时持不断，百岁寿龟侯。

2016 年 4 月 9 日

五绝·种瓜

翁侍南瓜旺，惜无花果欢。
青藤托翠叶，权当岸荷观。

2016 年 7 月 10 日

五绝·诗境（二首）

一

笔端流雅趣，墨底蕴氤氲。
若为金钱固，薛涛笺不文。

二

句由心境出，韵自腹中生。
信手拈花草，胸襟顿碧泓。

2016 年 11 月 23 日

五绝·莫它惄（二首）

一

林大藏千鸟，啾啁曲各非。
守心终己是，遇逆采葑菲。

二

仙子海棠颜，青虫布泪潸。
凡尘无绝美，月色在关山。

2016年12月6日

五绝·故乡

青涩远离乡，孤身昊博翔。
暮年休壮志，心底奉爹娘。

2016年2月4日从柳明先生赐韵

五绝·梦友

往事已如烟，唯朋入梦天。
云涯千里隔，影晰比身前。

2017年3月6日

五绝·暮志

暮志难千里，斋门坐籍顽。
耆年敲古韵，生活孕诗寰。

2017年5月25日

五绝·诗词

意赅凭字戏，语炼洞奇天。
信指拈常事，神思化曲悬。

2017 年 6 月 13 日

五绝·贺儿晋博导（新韵）

学渡常人显，勤修志士长。
篙头虽百尺，世界更十方。

2017 年 6 月 13 日

五绝·谢诗评

湖南永州《诗词》专栏收录拙作 50 首。读女主编的诗评后谢。

斑竹出潇湘，苍梧聚凤凰。
天涯识音处，自古韵崇芳。

2017 年 8 月 13 日

七绝·答友

有钱有爱两双全。有爱无钱缺半边，
爱比钱多怜卉草，轻钱重爱乐翻天。

2013 年 4 月 20 日

七绝·自嘲

端午雄黄未腹迤，离骚却让暮蝉欺。
张冠李戴朋周笑，鼓点龙舟醒脑思。

2013 年 6 月 12 日

七绝·真经

甜酸苦辣人生味，喜怒哀欢自感形。
日月年华不妄度，身心康健乃真经。

2013 年 7 月 21 日

七绝·无题

菩提树下参因果，佛语非台不妄诠。
多种善因储善果，慈怀普施即悲田。[①]

2013 年 7 月 26 日

七绝·自娱

三餐饭饱闲无事，伺草扶花汲古书。
捉对吟诗琴独听，自娱自乐自吹嘘。

2014 年 5 月 21 日

---

① 佛教语：供父母曰恩田、佛僧曰敬田、贫穷曰悲田。

七绝·知天

人生追逐几时醒？退后知天敬命庭。
往事如烟何复忆，流云息去淡而宁。

2014年5月24日

七绝·佳丽赏花

室外白兰室内香，佳人欣赏倚窗旁。
欲知姝丽芳几许，满面云纹满首霜。

2014年5月31日

七绝·友（新韵）

鸡黍之交早寡闻，伯牙琴断尚余音。
人生挚友难双觅，众海芸芸巧遇君。

2014年7月5日

七绝·退休生活五片断

吃

海味山珍早餮完，穿肠过胃已阑残。
若论厨艺谁人妙，怎比妻情溢满餐。

喝

壶中日月斗中天，美酒咖啡赛老仙。
若摘南山当寿岳，还须清茗泡龙泉。

玩

肥水丰川几处喧，寒家贫舍胜梁园。
腾挪翻滚随君意，淘气鸣空驻使轩 。

乐

玩玩微信搜搜网，哄哄荆妻吼吼腔。[①]
寒友空中酸两句，遇朋偶靠酒家窗。

眠

日上三竿赖在床，魂游千里遇黄粱。
忽闻窗外嚣声闹，稍作翻身续襄王。

2014 年 8 月 12 日记

七绝·老人重阳（新韵）

七老八十过九重，黄菊赤桂正芬浓。
手持佳酿登高去，笑瞰人生敬逝踪。

2014 年 10 月 5 日和王漫然先生赐作

① “吼吼腔”，指“卡拉 OK”。

七绝·聚（新韵）

五颜六色果蔬香，七嘴八舌友谊长。
两盏三杯通四体，一归九九是安康！

2015 年 1 月 8 日原公司老干部年聚

七绝·异乡聚

旧友新知聚异乡，推杯换盏话闲长。
若无缘分何相会，咸淡人生偶也香。

2015 年 5 月 29 日于新加坡

七绝·逗诗

老朽冲闲静坐堂，胡编乱扯逗时光。
搜肠刮肚寻驴句，喜怒哀欢变偶章。[①]

2015 年 7 月 6 日

七绝·妻照（新韵）

老太老头相顾望，少装少束互观宜。
浅描淡抹姿犹若，留住阿娜倩影稀。

2015 年 7 月 7 日

---

① 驴句，"驴上得句"。

七绝·心境

忘情山水侠行风，斗室腾挪也懿融。
只要心姿无限美，管它天北地南中。

2015 年 7 月 20 日

七绝·宅高温

骄阳炙烤沪淞天，周末街头少闹阗。
宅在家中孵冷气，嚼盘咸菜享清眠。

2015 年 8 月 2 日

七绝·倚咖凉

左手咖啡右手机，雅堂高凳当瑶池。
翁谐妪戏微情溢，助业乘凉两适宜。

2015 年 8 月 3 日

七绝·婆咖诺（新韵）

家婆诺我喝咖啡，几次央求始捧杯。
披萨便当情味伴，免除午饭不须炊。

2015 年 9 月 8 日

七绝·乘咖韵

咖啡半盏脑清醒，不拽两行肠不萌。
午后晴秋心旷邈，持杯吟咏腹澴泓。

2015 年 9 月 11 日

七绝·燕归

对燕堂前绕膝飞，拙妻容焕映春晖。
三天巢暖双归去，万里神伤懒出扉。

2015 年 9 月 20 日

七绝·重阳（新韵）

登高凭眺又重阳，极目穷思倒影长。
岁月无情人易老，对菊吟唱杜康腔。

2015 年重阳节

七绝·生活小照（三首）

日上三竿赖板床，夜瞻月桂捧华章。
林间散步诗文起，老伴餐桌唤叫忙。

伺花弄草乐时光，戏字扬琴笑帝王。
宣纸贴临三尺满，闲情逸体又儿郎。

茵地挥杆落梦乡，空留余影眼前扬。
兵营腰挫今常发，唯步清幽冀久康。

2015 年 12 月 2 日

七绝·步“博陵一鹗”先生赠诗

一鹗冲天带月霖，清辉撒处少云阴。
博陵沽酒招诗客，闲话三堆畅意襟。

2015 年 12 月 17 日上午

七绝·蟹（新韵）

身披青甲手持矛，水下龙宫傲众豪。
一旦五花绳索绑，顿成老饕口中肴。

2015 年 12 月 22 日

七绝·郊行（新韵）

日暖风和野外行，隆冬霞晚渐山平。
溪沟阡陌农家处，菜蔬菇珍入口清。

2015 年 12 月 27 日

七绝·谢沪上郑姓老者诗评

凡尘闹市遇知音，素律清词宛抚琴。
韵趣熏陶君雅味，不曾故往也幽深。

2016 年 2 月 10 日

七绝·喜三逢

妪辰翁退西情节，三事相逢实喜篇。
对酒当歌心语短，和鸣老调瑟琴弦。

2016 年 2 月 14 日

七绝·诗玩（四首）

略武韬文纸上行，书生混世道行轻。
欲乘鸾凤飞宵九，无力擒鸡怎列名。

蟾宫折桂在屏中，高士名流竞络空。
嘻玩狂真皆悦客，欲临杜李患词穷。

现实无情万象虚，殷殷学子岂高居。
为求考线偏文理，谁弄棋盘将士车。

月照花枝清影舞，手持诗卷意相如。
嫦娥拂面怜生晚，梦点文心赠妙书。

2016 年 2 月 18 日

七绝·补眠

清明地气变无常，夕雨晨晴夜结霜。
裹被身凉难入睡，白天高卧半酣香。

2016 年 4 月 5 日于乡下

七绝·夜步

疏林小径草菲菲，月泄光华照影飞。
夜寂人稀身似燕，耳旁虫唧助诗霏。

2016 年 4 月 9 日记晚上边散步边腹诗。

七绝·步柳明先生题绝

柳生题绝资惊喜，诗上吉尼堪冠奇。①
思古高贤留韵宝，看今逸士又形碑。

2016 年 4 月 22 日

① 指柳明先生的诗量已上吉尼斯纪录。

七绝·时匆

万绿丛中一点红，多情月季送春终。
韶光易逝谁深察，昔把辰殇老竟匆。

2016 年 5 月 2 日见路边只有点点月季而赋

七绝·惜时

暮天碧色少红颜，细雨纷飞作泪潸。
把酒祭春春已老，惜时耆老返童顽。

2016 年 5 月 2 日

七绝·莫自恋（二首）

一

孤芳自赏我为尊，怎识桃园又一村。
腹小难容三碗饭，气虹才会凤临门。

二

人生世历不相曹，白雪阳春各选骚。
莫固朋间唯己是，宽颜厚说广容韬。

2016 年 12 月 5 日

七绝·字馨

一帘丝雨晚霞无，两对乌龙喷沫娱。
三昧中怀相与敬，四时风顺载清酤。

2016 年 12 月 26 傍晚，雨

七绝·晚馨

上天好德赐晨宁，下界尘纷遗晚馨。
东雨西晴无限美，南腔北调送禅经。

2017 年 5 月 13 日

七绝·爆竹

相貌堂堂簇赤装，胸无点墨太夸张。
尾巴挨火冲天跳，或缺修心致粉殃。

2017 年 6 月 6 日

五律·读《红楼梦》

问卷读红楼，斟文识梦优。
身虽居仲夏，手却握春秋。
字字如冰玉，章章赛馔馐。
称痴曹自笑，研味垦膏畴。

2013 年 8 月 6 日

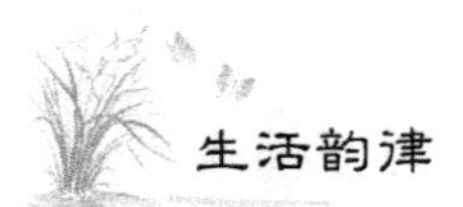

五律·原本苦工书

今夏热难除，温高四十余。
虽过朱夏季，还有虎秋初。
白领厅堂躲，蓝衫日影疏。
须知生活美，原本苦工书。

2013年8月7日立秋报温超四十度

五律·养花

厅堂养小花，蓬荜顿生霞。
品赏随君意，吟欣任思遐。
闲时添趣乐，忙里减忧邪。
草木春秋事，怡情福寿加。

2013年10月1日

五律·赏桂

季秋天爽丽，风憩露微凉。
世纪园环步，岗林桂遍望。
叶青花落去，地褐土含香。
残郁侵心肺，神清状鸟翔。

2013年10月16日

五排·同学重逢八韵[①]

校别三旬七。安乡首聚迟。
呢喃陈旧语，慷慨话今时。
已过耆龄岁，然嘻弱冠为。
身姿呈老迈，神采焕青蕤。
万事随缘走，千尘顺势思。
晨钟看早景，暮色读霞诗。
纵目苍穹外，宽怀攘世熙。
天年宜逸养，杖国再相期。

2013年11月10日记大学同班到安吉游聚

五律·恒学（新韵）

庸生寿几何？谁乞孟汤婆。
养体诚当贵，恒学更适歌。
谦恭知己小，聪目识人峨。
苍首三行伴，青衿当智哥。

2013年11月12日

① “五排”通常不须标注，只需写“某某多少韵”如本诗“同学重逢八韵”即可。为求本书排版一致，故加。特注，后同。

五律·淡定

淡淡看人生，平平过齿庚。
心无闲杂念，耳有是非情。
凡事当全力，临功却半声。
抚怀规自律，神鬼岂门惊！

2013 年 11 月 12 日

五律·偶事感（新韵）

物凡均涨价，唯寿倒铜钿。
积善家余厚，怀德命祚宽。
当官须律己，为吏莫营权。
在位行阴骘，福田报后天。

2013 年 12 月 27 日

五律·无题

傍山望水流，临水想山幽。
欲壑谁能满，青峰自可遒。
为人多施义，处世少怀愁。
离聚皆由缘，萍恩挂念头。

2014 年 4 月 12 日

五律·弄卉（新韵）

人闲寻逸事，年暮弄阳台。
卉木择盆种，名花攒土栽。
草荣神也醉，树萎悯徒怀。
情造迷尼苑，翁心晕晕哉。

2014 年 5 月 10 日

五律·赏花（新韵）

夜深听雨韵，晨起赏花仪。
瓣瓣遗珠露，枝枝吐玉滴。
拂香留己醉，摘影送君觌。
草木都含笑，人生莫自凄。

2014 年 5 月 12 日，雨，阳台赏花

五排·闲读十二新韵

平生多碌碌，步履总锵锵。
唯有书中慧，能赢腹内粮。
第凡青壮老，无论士官商；
开卷即得益，修文必去盲。
专学襄本业，旁贯助职行。
即使闻刊语，犹如势政方。
手机聪慧物，电脑智能囊。

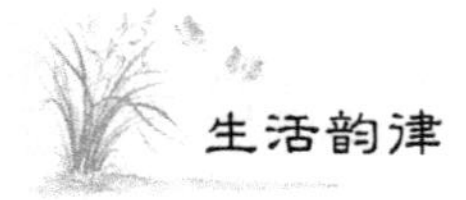

若要通贤圣，还须阅典章。
古今多少事，尽在字间藏；
上下三千代，皆由墨里装。[①]
册含人类智，籍隐史魂纲。
捉空嚼名著，经成道炫煌。

2014 年 5 月 17 日

五排·微信八韵

刚阅朋圈事，群聊又御堂。
卧身先看信，睁眼即寻章。
琐卦邻闻异，生经国是常。
图文声并茂，影视色齐详。
社际空中网，交谈对面张。
人亲诚点赞，作妙或评芳。
间许开心笑，时而锁窍茫。
然迷成习惯，铃响复神狂。

2014 年 5 月 21 日

五排·退休生活廿新韵

奋斗英年过，休闲竞日更。
心胸增度阔，步履减幅匆。

---

① 第九、十联属扇对。

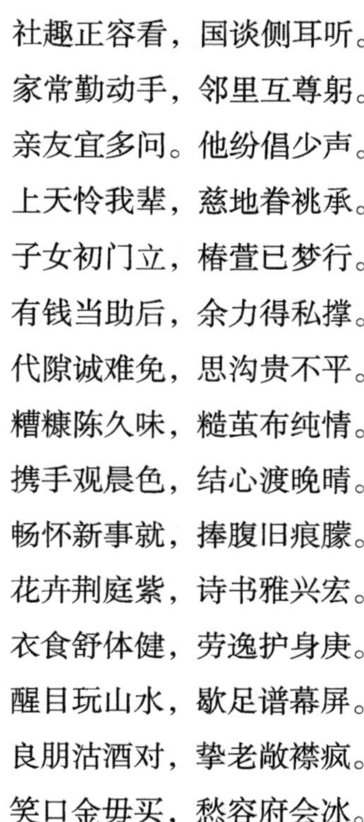

社趣正容看，国谈侧耳听。
家常勤动手，邻里互尊躬。
亲友宜多问。他纷倡少声。
上天怜我辈，慈地眷祧承。
子女初门立，椿萱已梦行。
有钱当助后，余力得私撑。
代隙诚难免，思沟贵不平。
糟糠陈久味，糙茧布纯情。
携手观晨色，结心渡晚晴。
畅怀新事就，捧腹旧痕朦。
花卉荆庭紫，诗书雅兴宏。
衣食舒体健，劳逸护身庚。
醒目玩山水，歇足谱幕屏。
良朋沽酒对，挚老敞襟疯。
笑口金毋买，愁容府会冰。
钱财身外物，康乐寿先功。
成败昔烟去，荣枯暮照衡。
悦龄秋色短，适已乃神通。

2014 年 6 月 9 日

五律·争（新韵）

谁人不争世，考性本天根。
稚乳哭求奶，学龄苦挣分。
终身逐利禄，至死慕碑文。
会赚当褒奖，无德事莫临。

2014 年 7 月 1 日

五排·往事八十新韵

乡孩出僻里，落地把田拿。父母当珍宝，童玩共土巴。
入学七岁过，遇馑半身趴。腹内没食物，喉中怎吃啊。
饥儿逃课混，严父握荆押。同课卌童稚，升班两脑瓜。
村学缺总角，镇小远爹妈。就爨咸菜主，住学师铺搭。

伴随高齿序，带动慧根牙。文作常荣桂，数学稀耻瑕。
师亲多喜爱，同小也称夸。勤奋成童始，文革幔幕拉。
辍学回府邸，续本种禾葭。农岁两加半，龄庚十晋八。
戎装跻部队，行武保国刹。防驻陈东岛，巡逻立海岈。

抢时掘抗道，伺空练兵娃。无隙惜身体，寻闲种菜荚。
夜读宏选正，假觅译文葩。从武四年整，啃籍十数沓。
体差无干运，戎历锻憧伢。退役回闾里，池鱼跃鲤闸。
工农兵贡举，乡下佬临衙。海院经年两，专科历类八。

余皆拾芥易，唯有语英瞎。早五灯旁念，宵十教室哇。
入学形勿识，出校话能呱。苦志争分秒，贫耕乐壮华。
毕分合志愿，工种闹心滑。本应洋轮耀，缘何眼力差。
上班虚坐案，跟老爽帮杂。辰到船询访，戌编版刻刷。

机关收入少，船上美钞哗。政干成吾岗，工活竞水蛙。
行舟屈指数，转运立年跨。始调司航部，终开本业涯。
从商连载祀，谋利守关阀。不做亏心事，弗吃愧己粑。
原则当畏顺，灵巧也权撒。人敬咱一寸，愚尊彼几扎。

时时遵谨勉，事事戒松奋。曾历寒窗短，尤图锦帙加。
英文交际棒，职场觅食叉。先啃林格语，逐题作问答；
再嚼汤姆著，依样仿函札。龄大谈情爱，妻贤傍伴丫。
远洋十九整，泛澳两年狭。八五悠班簇，工读四六划。

洋漂曾寐想，皇驻未思察。然掣晨文纸，须从晚驿笆。
京城漂两岁，小草响三茬。强将奇怀损，阿拉侥抱玢。
人生何预料，命运总时发。北客南飞雁，南国北渡侠。
狮城十数载，商海几腾奋。万四指冲汉，半千神跳崖。

市牛钱狠赚，脑敏利狂抓。事导人得益，人为事定压。
谁知风雨骤，哪料夏雹刮。甘露经年过，华阁顷刻塌。
熊疲跌谷底，海阔断鱼虾。世尽折腾众，天独眷顾咱。
任凭波浪跃，仍可粟金扒。静眼识途径，群心背币褡。

年年钱苦赚，个个脸欢煞。烽火牵耘岁，霜眉衬晚霞。
岗职更几地，挪动调七匝。宿梦邯郸步，终圆叻岛洼。
来申孑涩汉，落沪睦福家。职退玩清乐，时宁伺草花。
妻贤豚子孝，膝下待孙爬。借月挥毫墨，拂阳种韵芽。

时而哦宋律，间或阅唐匣。失课青春贾，修文老迈骅。
三章晨啖少，半臂夜书麻。暮矣耆年静，悠哉我自暇。
光阴如逝水，往事似流沙。天地酸甜苦，人寰你我他。
庸生思旧景，翠玉带痕疤。唯有亲朋影，倏忽脑蹦跶。

注：因律较长，为方便阅读而分段。

“馑”，指三年自然灾害。

“吃啊”，指拼音发声。

“落地把田拿”，村土改分田最后一天，恰我生，故重分得田。

“师铺搭”，龄小，师带我睡他脚跟头。

“刻刷”，刻腊纸，刷油墨，印文件。

“万四”、“半千”，指行业指数。

“林格”、“汤姆”、“海院”、“远洋”、“泛奥”等，乃书、校或公司名缩写。

借此恩感父母先辈、师长领导和同事亲友！

2014年9月1日

五律·自在（新韵）

任凭潮涨落，闲看卷云舒。
夜望群星灿，辰玩百草疏。
置身桃苑少，养性墨坛足。
两耳尘音淡，孤楼统众书。

2014年10月31日

五律·自嘲（新韵）

历商超卅载，整日虑钱财。
从未思诗律，何曾想俪材。
艾年无贝事，望月向骈台。
但愿没铜味，重当老秀才。

2014年11月10日

五律·家庭交响曲

宅居经典厚，隙罅本难陈。
瓢勺锅盆响，油盐酱醋呻。
簸箕挠扫帚，抹布蹭灰尘。
三顿炊烟起，一家还是亲。

2014 年 12 月 9 日

五律·退休两周年（新韵）

往事沉心底，喧哗作彩烟。
窝家偕老伴，交友上微圈。
解闷翻书乐，寻俗弄草鲜。
悠悠凭万物，闹市驻桃园。

2015 年 2 月 14 日

五律·玩诗

年过花甲子，下颚带霜垂。
岁月撑辞海，经纶胀肚皮。
宜装酸学究，忌作猛男诗。
偶尔飙奇语，供人喷饭嘻。

2015 年 3 月 22 日

五律·萌乐（新韵）

人老辰光美，无压体变轻。
荣拙飞速淡，将相复归平。
事过三分笑，胸陈百万兵。
快哉萌自乐，含恼怎云生。

2015 年 5 月 13 日

五律·自画像（新韵）

商途骋半生，整日浸钱经。
通体沾铜气，周职炼业精。
脱俗禅道质，攀雅鼓儒声。
临老修新貌，皤然笑纵横。

2015 年 5 月 13 日

五律·我的诗（新韵）

诗从庸碎起，组字构骈章。
饭后闲谈事，茶前逸论腔。
有心学雅古，无意挂轴堂。
老祖遗瑰宝，吾当拣几行。

2015 年 10 月 26 日于咖啡厅

五律·老友聚

老友围桌坐，闲聊话短长。
古今中外事，花草帝王章。
八卦无题目，三连有半阳。[①]
粗杯和馔玉，酣语秀文藏。

2015 年 10 月 28 日晚几位休友聚餐而作。

五律·建博遐想

我本一航商，休年入律行。
修辞心会友，驭字梦求章。
建座文公庙，支间逸草堂。
招来仙鹤过，胜住兽檐房。[②]

2015 年 10 月 28 日

五律·返童

人生陈酿美，岁月送童真。
甲子知天命，耆年醒世尘。
口廉持体健，耳顺佐心仁。
寡欲春秋过，重回稚齿醇。

2015 年 11 月 2 日

---

① “乾三连，坤六断”，八卦中阴阳线。此指随意闲聊。

② 屋檐装饰。喻华宅。

五律·学文

垂暮犹求索，黄髫欲比勤。
润毫知腹浅，伏案识贤殷。
冬夏抠时学，春秋秉烛耘。
黉门无老少，墨迹漫氤氲。

2015 年 11 月 3 日

五律·奋辕

昔倡年少志，及第贯三元。
今谓中华梦，成功互两源。[①]
闲翁充鼓手，总角揖同门。
拜相子牙古，吾当奋负辕。[②]

2015 年 11 月 3 日

五律·闻儿欲归

清晨讯鹊来，儿欲向宫槐。
摭外旬年过，求知儿院魁。[③]
研途登苦路，事国奉微才。
二老眉梢舞，开怀对旧醅。

2015 年 11 月 3 日儿电告京某高校聘且条件尚可将回国欣赋。

---

① “两源”，指“一带一路”。头两联扇对。

② “古”，七十岁谓古。

③ “旬”，十，也指十二。此示十二。“过”，名词，意经历。

五律·文窘（上十五删）

菊开增案语，脑滞导文删。
搔首凝思样，撑颔木讷颜。
腹空文脱色，笔浅字生斑。
罢手将花伺，俄间槁水潺。

2015 年 11 月 4 日

五律·习字（下三肴）

毫濡宣纸味，砚配墨家肴。
日写三行字，年修半贴抄。
虽无龙凤舞，倒也竖横抛。
凡事恒心贵，坚持必走蛟。

2015 年 11 月 5 日

五律·少志（下八庚）

瑰材不问庚，自古少年英。
身负凌云志，心闻踏地声。
功成缘奋力，事贵在持耕。
吃尽红尘苦，方赢圣殿名。

2015 年 11 月 6 日

五律·厨后（下平十蒸）

油盐姜醋酒，煎炒煮炸蒸。
食膳关天事，厨台寓技能。
鲜陈荤素配，健味色香称。
件件情通体，餐餐本后兢。①

2015年11月7日

五律·图新

日久刀陈旧，非磨不会新。
砺身图去锈，淬火望回春。
养晦期霞美，韬光促地氤。
宅翁闲拽事，觅字惬无垠。

2015年11月9日

五律·处世（新韵）

心中无对手，眼里有他人。
立世先学世，求仁后履仁。
山叠山俊秀，水复水氲氤。
腹内存龙气，躬身问道津。

2015年11月26日

① 本后，老妻也。

五律·人生（新韵）

人生多苦难，奋斗伴终身。
欲盛英雄泪，情痴仕女辛。
神牵家社稷，心系地天亲。
短短凡尘路，知足处处春。

2015 年 11 月 28 日

五律·同学小聚

三载同窗短，终生友谊长。
举杯聆旧事，放箸话新章。
已历沧桑路，重看彩夕阳。
相逢机会少，纵笑逝时光。

2015 年 12 月 10 晚

五律·迎新

旧页轻翻过，新章重彩来。
岳川姿秀色，水泊摆云台。
庭院笼祥气，厅堂罩福财。
羲和春发早，生活赛香醅。

2016 年元旦

五律·博客诗友

从未谋君识，诗心一线牵。
文源虽各异，笔墨却相联。
直述胸中事，斟描世上天。
读完添个赞，快乐比神仙。

2016 年元月 3 日晚

五律·内功

坦路苍间少，人生曲折多。
外因诚重要，内力更稀峨。
遇事倡拼智，尘谋勇历坡。
乐观看世界，胸豁日婆娑。

2016 年元月 4 日夜

五律·刚柔

木松条易折，钢硬却筋柔。
人立苍天下，腰弯属自畴。
率真情可爱，性直道难修。
语软寰中听，功成笑面收。

2016 年元月 6 日晚

五律·诺

话虽无分量，一诺却千钧。
语自唇间出，名由信里伸。
半回吞所许，十次复难真。
君子持言贵，亏金购重仁。

2016年元月8日

五律·控

人在江湖走，心难总水泓。
或然风浪起，莫若气门盲。
弗益争锋对，宁庸绕道行。
功真藏腹纵，谁可敌柔英。

2016年元月17日晚

五律·时感（二首）（新韵）

一

将相帝王贵，平民百姓茫。
佳人才子宠，儒雅士绅芳。
然日融尊痞，时则化短长。
光阴前律等，莫让好辰荒。

二

人生芳岁短，日月水流长。
百意谁能就，千姿哪可装。
旁言诚可纳，己志更应张。
尘世光阴迫，随心莫悚徨。

2016年元月21日

五律·贺妻生日

日月长流水，妻逾甲子还。
云鬓增白发，俏面减红颜。
勤慧兴家道，辛劳护港湾，
相濡三十六，夫祝寿南山。

2016年2月14日丙申年初七日

五律·退休三年记

退休三岁整，自趣赛宫仙。
戏律增情兴，填词补晚篇。
纵毫添玩味，伺草减枯天。
体惰神如故，豪凌齿迈年。

2016年2月14日

五律·又病

老体易生病，脚浮犹踩云。
低烧时不断，高卧日无分。
医院门行急，荆妻护理勤。[①]
沉眠三昼夜，今起复耕耘。

2016 年 3 月 15 日

五律·豁观

春光无限好，也纵倒寒时。
玫色非常艳，原为棘手枝。[②]
东方虽有缺，西域亦存歧。
苦短人生路，襟宽最适宜。

2016 年 3 月 16 日

五律·宅心

世风商事化，难得宅常心。
讨巧羞沾色，宁亏耻较针。
宽慈基己准，忠信作铭箴。
头顶苍天赤，环生福庇阴。

2016 年 3 月 23 日

---

① 护，户，谐音，借对出句“门”。

② 首、颔联属扇对。

五律·守德

商潮卷浊水，铜臭毒灵魂。
到处黄污漫，随时假骗浑。
为人当守德，与事得留尊。
莲藕泥毋染，阴功惠子孙。

2016 年 3 月 24 日

五律·恒为

万事起头难，坚持必历酸。
功成恒统尾，败挫怠为端。
进像登山步，嬉如泄水澜。
或然盈尺路，得失两重观。

2016 年 3 月 25 日

五律·庆生（二首）

杯中时日短，问卷籍途长。
年届耆龄段，书痴束发行。
昼娱诗一首，夜仿墨三张。
翰迹纵情醉，黄昏品酪浆。

生日本平常，今年或不忘。
拙妻旁伴庆，子妇近呈觞。[①]
原计阳春面，现酬醇杜康。
未沾唇已醉，心暖寿绵长。

2016年3月28日

五律·飞燕

堂前对燕归，欢舞暖心扉。
翅劲当宵九，翎丰应紫微。
探春三月好，觅食四时饥。
虽茂椿萱老，腾飞莫负机。

2016年3月29日写在儿、媳返京时

五律·童心

草木春秋短，人生悖意多。
乐心看世界，朗眼阅山河。
诗境悠宸现，柔情顿宇歌。
黄昏童稚气，万象起婆娑。

2016年4月1日

① 儿、媳特从京回伴老爸过生日。

五律·少志

世事缤纷色，人心海底泉。
晨晖莹万物，夕影拂千川。
少志虽还在，无为已早诠。
纵娱昏夙颂，自乐胜枯眠。

2016 年 4 月 1 日

五律·老为

暮岁寡谈前，身康最执先。
不添人负担，毋找子装怜。
山水宜修性，诗书洞福天。
伺花兼雅趣，老伴比同肩。

2016 年 4 月 1 日

五律·清明祭

千里归乡急，半天高铁锵。
清明祠祖去，寒食念亲伤。
父母恩情在，光辉日月长。
一刀黄纸尽，斟酒化悲苍。

2016 年 4 月 2 日回乡祭祖的头一天晚上

五律·持勤（新韵）

先贤存古训，天道自酬勤。
黎起除庭手，昏息闭户君。
功成缘奋斗，业败盖嬉醺。
富贵传三代，迪劳子小筋。

2016 年 4 月 12 日

五律·精业

业精非易事，百炼苦行僧。
墨就三缸水，书成五尺绳。[①]
终身勤致学，无刻不攀乘。[②]
道在功夫外，根深自振兴。

2016 年 4 月 12 日

五律·读诗

博客品佳诗，心中荷露枝。
枯禾逢及雨，饥腹遇时炊。
然读拼装语，如吞晦涩滋。
推敲文字贵，大作妙三思。

2016 年 4 月 17 日晚

① 见王献之习墨和“悬梁刺股”的故事。

② 佛教三乘之说，最好称为上乘。

五律·蕴诗（新韵）

健步林荫下，文思漫际边。
韵随身影动，字绕脑门旋。
伸手摘星宇，开怀纳海川。
诗家心广阔，修炼寄玩篇。

2016 年 4 月 24 日

五律·交友（新韵）

胜己行师范，高德带路明。
宁亏胸坦阔，趣广腹渊宏。
大志直言挚，扶难惠厄峥。
群分天本性，择友助人生。

2016 年 4 月 25 日读曾国藩交友原则感赋

五律·诗家

诗玩本清高，凭辞卖己骚。
搜肠寻炼字，刮肚挣文豪。
笔下流芳语，屏端酿醴醪。
偶逢名辈现，唬帜作云髦。

2016 年 4 月 25 日晚

五律·母爱

母亲节。看儿、媳寄物，他妈开心促赋。

人间纯爱少，唯母子情真。
哺乳忧浓淡，排污嗅滞淳。
学前怀里走，婚后脑中巡。
身在天边处，心连至佛轮。

2016 年 5 月 8 日

五律·生活（十二首）

一、惬怀

日子如流水，余年好洒潇。
三餐无郁悒，四季任逍遥。
兴至诗求对，怡枯笔挂霄。
惬怀翁感足，偶倚听窗箫。

2016 年 5 月 25 日

二、天性

负重因名利，身轻乃压抛。
人辛山两座，鸟累宿三巢。
职日怀天性，休年解塞茅。
江川多美丽，生活靠心交。

2016 年 5 月 26 日

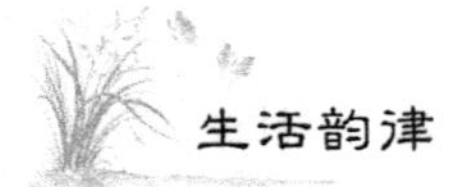

三、善品（新韵）

生活宜善品，草木也含情。
水卷飞奇浪，云舒展幻形。
芸芸群相异，济济众思英。
沧海浮一粟，涛急自谧宁。

2016 年 5 月 27 日

四、得失（新韵）

社会无完美，生活少普全。
挫磨前进志，顺续后来篇。
胜败从容过，得失笑脸虔。
夫行天地路，信自挹王言。

五、怀艺

凡夫烟火俗，拥技最为先。
钱蹦难归体，官倾弗傍肩。
平身当学道，巧手可撑天。
立世怀奇艺，横纵胜似权。

2016 年 5 月 28 日

六、挫对

人生难免挫，内省应时萦。
静虑思良策，筹谋夺变更。
塞翁曾失马，溪老也垂程。[①]
世事何能料，安知路不荣？

2016年5月29日晚

七、刚柔（新韵）

性格决命运，其本却天生。
柔静平和峻，刚坚炽爽荣。
百人持百样，群体组群衡。
君应何情挚？猴王历难更。[②]

2016年5月30日傍晚

八、权变（新韵）

世事常时异，人生易瞬更。
适存千古律，通变万年声。
忠信铺心底，权宜立脚平。
居安不败地，广袖舞均衡。

2016年5月31日

---

① 指姜子牙。“岂与磻溪老，崛起周太师。”

② 悟空猴性历难磨炼，经菩萨点化成正果。

九、谋事（新韵）[①]

谋事由天竟，犹观却枉然。
三思成立断，多虑殆行悬。
莫忌旁缘旺，毋哀已业怜。
男儿胸广志，胜败总无前。

2016 年 6 月 1 日

十、知人（新韵）

舞事实非易，识人更是难。
心隔肤勿见，品隐表迟观。
防伪行千里，持真导万冠。
纵横天下路，得信众同肩。

2016 年 6 月 2 日

十一、细节

细节涵成败，谦虚结广缘。
平时培雅习，微处洞云天。
坐立媛绅相，酬行泰岳仙。
用心观世界，迟早遇良贤。

2016 年 6 月 3 日

① 本诗原本七律：“谋事由人竟事天，坐看只会枉茫然。三思可贵行当断，多虑难功殆始悬。莫羡旁邻家业旺，毋哀亲已命缘怜。男儿广志存环宇，胜败垂成总向前。”

十二、宽厚

谦谦君子厚，戚戚小人私。
古教怀仁德，今声尚义为。
举头三尺晓，垂手四方知。
上善形如水，行无不果时。

2016 年 6 月 4 日

五律·过六一

垂髫欢六一，黄发共朋俦。[①]
花甲从头过，时光倒水流。
童心重拾起，竹马又嬉游。
永葆孩提趣，耆年倍劲遒。

2016 年 6 月 1 日

五律·夏食

今起炎天炽，滋身食补宜。
生姜晨几片，熟杂夜微饥。
半夏防寒湿，两冬清热疲。[②]
凉茶酸苦饮，绿豆粥汤奇。

2016 年 6 月 21 日写于夏至

---

① “黄发垂髫”意老幼。

② 麦冬、天冬，俗称两冬；粥食可清火。

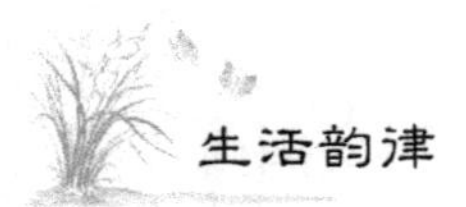

五律·饮茶（新韵）

碧水泛清波，沉浮叶旋娑。
杯中天地大，壶里秘学多。
冲泡藏经艺，呷喝诱媛哥。
苦舌香气绕，神健饮长河。

2016 年 6 月 24 日

五律·写诗

字牵魂思走，韵在梦乡游。
境美无虚谬，情真有趣幽。
炼词峰耸立，骈句水潺流。
粗看芳颜素，深参味尽收。

2016 年 7 月 5 日

五律·惰（新韵）

人挠天性惰，事困馁难成。
竞世争机烈，居家负任荣。
勤功从幼起，良惯至翁衡。
栋干经年育，能才靠自耕。

2016 年 7 月 8 日

五律·昔趣六则

一、吃烤

二十世纪八十年代末九十年代初曾几次去南美巴、乌、阿三国。因路远时长人困，第一次抵巴西后，当地朋友招待我们吃烤牛肉，在当地这是大餐。厨师把几十斤重的牛肉、牛心、牛肚等扛在肩上，边做边招待我们。可惜我边吃边困，根本没吃出个味来。

桌边炉火旺，庖大站身旁。
手上刀叉舞，肩头肉脏彰。
瘦肥凭汝口，生熟看君肠。
主客均饕餮，唯吾倚梦尝。

2016 年 7 月 9 日

二、拥别

还是吃牛肉那次。离乌拉圭时，代理公司老板一家三口（老夫妻俩加其女）到机场为我们送行，老夫妻俩跟我们一一握手告别，其女年轻新潮要跟我们拥抱告别，吓得我们个个摇手后退，唯曾做过船长的京人见多识广轻拥了一下。时不开放哟，今已不奇。

生意行交际，寒暄近套情。
东西文化异，南北礼经宏。
握手常规执，亲身鲜见呈。
洋妞张玉臂，吓退汉家兵。

2016 年 7 月 9 日

三、赌场

还是那个时代。一次去南美途经美国，朋友载我们一行几人去拉斯维加斯看看，并给每人几块钱的筹码。第一次进赌城，如刘姥姥进大观园。我忐忑地先看了看，后试着拉老虎机。拉了两三下，突然哗啦啦一阵响，从机里掉下一堆钢镚，吓得我惊魂失措，以为把它拉坏了，赶快溜走。当时老虎机是老式的，靠手用劲拉，钢镚带槽，并不是真角子，我也不知道它可换钱。后来知道了那就是赢的钱，应把它拿回来，去窗口换。白白浪费了。不过离赌场前几分钟赢回来了。大家别误会，不是赌博，身上也没钱，见下世面而已。

刘姥进观园，毋知脚乍安。
霓虹灯炜烁，光怪色心攒。
老虎机盲试，轮盘码瞎看。
赢钱浑不识，枉自贼行冠。

2016 年 7 月 10 日

四、寻餐

十多年前，差欧数国，天天西餐，胃口全无。一天中午在瑞士，一行三人想找家中餐馆换换口味，但在街上转悠了个把小时也不见踪影。后见街边有家烤鸡店，就一人一只大嚼起来，顷刻精光，味感好极了。

东西人胃异，食习不相通。
夷喜牛羊烤，华偏果菜功，
差途难带灶，吃喝得同工。
欧国寻餐急，肥鸡解饿虫。

2016 年 7 月 11 日

五、照镜

十几年前跟老婆同机回国，夫人第一次坐“新航”商务舱。座位前椅背上装着机内闭路电视屏，时国内的飞机上还没此设备。她一坐下就对我说，哇，这飞机不错，还有镜子可照。把我笑得前俯后仰。以至于以后每次乘飞机，我就对她说照镜子啰。女性爱美可见一斑。

爱美人天性，睟容女独工。
随身携鉴饰，便地阅潮风。
家妇崇姿雅，航屏当镜蒙。
偶然存一笑，单味变双融。

2016 年 7 月 11 日

六、酒仙

叻时，上级一领导为鼓励我司员工，请吃饭。素传该领导是酒仙。席间，领导以为当地几位女员工不会喝酒，主动提出敬她们一人一杯。我乘兴让她们回敬。结果，哈哈，领导残了。

吾华好客酬，酒量计情畴。
面薄餐桌贵，樽深契谊牛。
来而当往礼，纵也不横仇。
拐李轻言敬，奈何琼凤眸。①

2016 年 7 月 12 日

---

① “琼”，何仙姑原名，遇拐李成仙。因拐李身背酒葫芦，此借用。

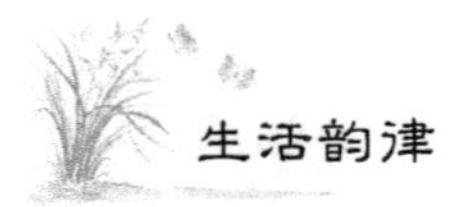

五律·自明

皇帝显新衣，童真破奥机。
玉雕瑕掩去，诗琢意腾飞。
孔见观天窄，兼听晓已微。
心明知捧事，赞也或含非。

2016 年 7 月 16 日

五律·胸襟

宰相腹撑船，将军胆破天。
为人胸坦荡，处事气超然。
赤地忠魂舞，瀛寰挚友牵。
言行持表里，猥士不同肩。

2016 年 7 月 16 日

五律·素工

缘笔生文墨，呈刀映发苍。
观天知象斗，驰海识渔方。
社际明优劣，商经蓄斛仓。
廉颇尤饭足，夫慕少年狂。

2016 年 7 月 17 日

五律·改诗

精工玉成器，细琢木生辉。
字练三缸劲，文修十遍威。
诗虽存日久，魂却改时归。
无意千金语，唯求己腹非。

2016 年 7 月 20 日

五律·归家

久巢生倦感，斥旅觅鲜情。
放眼观新貌，开怀听异声。
赏花心底爽，阅景脚根轻。
虽说梁园美，终归旧梦萦。

2016 年 8 月 5 日晚从美返家

五律·凡尘

凡尘何净土，生活本纷争。
处世无经典，为人有底行。
成功缘自力，失败没他情。
溢怨伤肝腑，融观改运程。

2016 年 8 月 16 日

五律·小

孩小全家宝，承前启后苗。
爹妈怀享坐，爷奶背娱逍。
玉食嫌凉热，霞裳怕厚萧。
千斤希望重，抚育任劳徭。

2016 年 8 月 18 日

五律·老

人老虽非草，居庭也莫娇。
本钱多早失，朽体半枯焦。
子女成家去，荆妻伴室寥。
龙钟姗有日，切勿负昏朝。

2016 年 8 月 18 日

五律·秋阳

秋阳红晚照，春日绚晨升。
两比均文丽，单分也妩恒。
长天多共色，大地少匀称。
翁妪该何择？乘时享福承。

2016 年 9 月 5 日

五律·又到中秋

凝秋透九宸，对月感亲辛。
酹酒躬天地，擎杯敬内人。
阶前流水澈，屋后落花频。
老伴持家实，柴门总是春。

2016 年 9 月 14 日中秋节前夜

五律·诗客

曾将几首拙作送参诗词赛，竟都入选一等奖。逗自己开心一下。

平生商族兴，临暮叩诗门。
入室寻佳偶，登堂镂古根。
器憨勤补拙，时晚勚防昏。
增色持闲笑，涟漪把月吞。

2016 年 9 月 25 日

五律·惜时

云程拼少命，家国博中年。
梦醒霜颜后，人生苦历先。
夕阳时景短，暮志宿心圆。
无悔沽名禄，皤然垦墨田。

2016 年 10 月 5 日

五律·解怀

人生多恼事，俗世少情闲。
日月开心窍，风云卷欲寰。
修为恒者进，养性久仁攀。
远目穷千里，凡尘也彩斓。

2016 年 10 月 7 日

五律·养性

天生人有异，随性必沉佗。
事若违心志，禅能驱惑波。
勤修功悄至，苦历意潜峨。
日久更凡骨，神仙奈我何？

2016 年 10 月 8 日

五律·过重阳

雨后秋阳照，恰逢重九寰。
高天呈美意，大地现和颜。
把酒南山舞，吟歌北水潺。
黄花头上戴，癫老又童还。

2016 年 10 月 9 日重阳

五律·冰酒

甘中涵酒味，涩弱泛幽香。
酸适舒喉舌，辛绵合口囊。
色莹超玛瑙，醇厚赛琼浆。
餐佐无伦比，容颜健胃肠。

2016 年 10 月 10 日

五律·白酒

色净如纯水，香浓透碧空。
端杯馋滴出，入口赧颜蒙。
喉织一条线，腔囊两火鸿。
三盅飞下肚，身恍进仙宫。

2016 年 10 月 11 日

五律·红酒

甜酸苦涩辛，五味酿其醇。
色润齐红玉，香幽导碧津。
持杯崇指相，入口滞氲氤。
若品何为上，中君异即珍。

2016 年 10 月 11 日

五律·洋酒（新韵）

辛辣酒相同，洋含橡味浓。[①]
颜纯如琥珀，气厚育乔松。[②]
掌捂高杯暖，芳随热指融。
轻摇呷雅调，慢啜享其雍。

2016 年 10 月 12 日

五律·酒相

彬彬绅士度，楚楚淑娇戎。
爽迈声歌壮，低沉语气朦。
三樽巡未尽，五岳执还躬。
席上多豪侠，翁倾适量公。

2016 年 10 月 13 日

五律·律忌

章题千里远，述实两相违。
声调阴阳倒，骈联黑白非。[③]
后前文背道，新旧韵同闱。
避忌还诗本，清源意妙挥。

2016 年 10 月 24 日

---

① 主指白兰地类。

② “乔松”，树名又仙名；工对“琥珀”。

③ “黑白”指对仗。本直写“对仗”，意白些。

五律·好学

东山弓箭劲，遇少面颜非。[①]
远古贤明语，时今俊士徽。
虚心师世界，好学晋帷帏。
弟子从千旅，求知老不归。

2016 年 11 月 14 日

五律·健经

健经穷习语，康品富商亨。
昨荐山珍补，今倡海味烹。
或言多运动，更说少纵横。
万岁人奢愿，谁知寿靠衡。

2016 年 11 月 15 日傍晚

五律·贺儿生日

儿 36 岁初度，感其在美十几年生日多自过，今陪有人。

生日年年有，光阴滴滴浓。
昔杯孤影照，今烛俩花雍。
事竟凌云志，家和对偶恭。
颐亲环嗣胤，万象诞新踪。

2016 年 11 月 19 日

① 见“九篇别集”中“刘东山”一文。

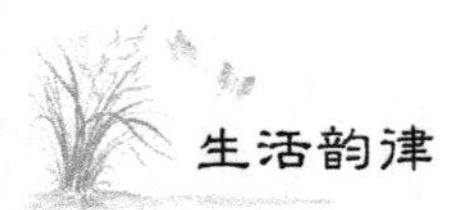

五律·送旧（新韵）

虽无锣鼓闹，脚步可联翩。
旧岁如期去，新年寄望还。
三杯辞往事，两句兆明天。
昨日诚然好，来朝更胜前。

2016 年 12 月 31 日

五律·迎新

丰收成旧岁，兴旺贯新年。
业业推宏举，家家赚大钱。
人人鸿运顶，个个伟才肩。[①]
宇内和为治，寰球一体圆。

2017 年元旦

五律·夜读

细雨侵寒夜，三更入未眠。
捧书思古圣，拂卷问时天。
历历千年过，篇篇一线连。
世倡真善美，因果咋时偏？

2017 年元月 7 日

① 对老者，“伟才肩”可改为“福康牵”。

五排·耆年十二新韵

辉煌成过去，淡定是将来。
青涩昔阳笑，从容岁月怀。
硝烟博场静，豪气盛颜衰。
零件全松动，思维半滞呆。
争强毋再事，装傻渐常开。
对错凡尘论，清浊各自裁。
中庸融体贵，孤傲促神哀。
名利形云影，修为品鼎槐。
邀朋执手饮，送客感肠徊。
老伴相从敬，亲人互衬台。
劳玩均度就，食宿准时埋。
快乐身心健，余生勿妄哉。

2017 年元月 9 日

五律·随想兼和柳明先生

雨从天上落，何必问公婆。
霁日晨行雾，流云晚断河。[①]
求知深腹静，显学浅喉歌。
下里阳春雪，仙音不在多。

2017 年元月 16 日

① 河，银河，衬应柳明先生诗中的银河。

五律·请客

酒店提前订，茶零早备陈。
开门迎贵客，陪坐奉平身。
闲话忘南北，持杯忆里邻。
畅怀时易过，笑脸快僵皴。

2017年元月17日记老婆请昔邻姐妹

五律·叻过年

在叻时，本司外派员工和家属总在一起吃年夜饭。

赤日斜西挂，霞云热气腾。
琼楼安宴席，主客悉俦朋。
把酒先东祭，躬身又北凝。
红包尤贺岁，四海一家兴。

2017年元月27日

五律·拜年

除夕夜，看微信写微信，忙得连春晚也顾不上看，还感于有人微信拜年连称呼也省了。

家中人享坐，微信拜年欢。
吉语浮屏过，音容觌面难。
称呼贫省去，祝福贵循看。
手眼同时占，央春节目寒。

2017年元月29日

五律·控颜

意违颜易变，情怒面呛红。
气急胸腔厚，声粗腹膜冲。
若逢先笑对，则示后身隆。
控性昌洪运，修心必善功。

2017 年 2 月 1 日

五律·控心

欲壑深难底，无功不自平。
防微通正气，杜渐绝邪行。
淡泊人生贵，怡情志趣清。
修身宽得失，拥德性秋泓。

2017 年 2 月 4 日

五律·故乡

青涩离乡远，孤身昊博翔。
暮年休壮志，白发念柴桑。
山水梦中惚，亲邻脑际茫。
闹城居习久，心底奉爹娘。

2017 年 2 月 5 日改昨五绝

五律·晡阳也照春

孝心源本性，游子倍思亲。
背井千斤重，离乡万里邻。
真情愁不断，梦想苦环循。
搏击人生短，晡阳也照春。

2017 年 2 月 5 日

五律·人老（二首）

一

人老嚣尘寂，声孤影相单。
柴门荆妇绕，斗室智能蟠。
闹世身终静，凡心意渐安。
博怀行达事，自在乐云观。

2017 年 2 月 6 日

二、（新韵）

人老体身衰，心忡导事哀。
宽襟通豁境，脱冕溢孤怀。
旧友常茶坐，新朋偶景摘。
书中颜比玉，自乐上仙台。

2017 年 2 月 7 日

五律·爱美

朴实天然美，修容更好看。
画眉张敞乐，窃玉相如欢。
仕女倾云髻，村姑羡锦纨。
古今同一理，仪采透丰端。

2017 年 5 月 23 日

五律·漫画

价廉因物滥，人贵自知明。
怕虎非牛犊，窝庐枉老生。
横持半瓶水，遍洒满天英。
勇气堪嘉许，怜无实力撑。

2017 年 6 月 12 日

七律·友聚（新韵）

几朋几地几国籍，借浦东台叙故宜。
揖座让身昔影过，临江把盏旧情觌。
茶浓水淡托杯意，语碎言零咏腹息。
聚散离合光晷速，余馨留齿数辰夕。

2013 年 5 月 6 日

七律·夕阳（新韵）

都说人老像夕阳，我道余霞彩色妆。
书画琴棋随意练，花茶诗酒用心尝。
名川美景结俦旅，球地旖茵任自徜。
落日黄昏多绚丽，神仙暗慕欲临旁。

2013 年 5 月 8 日，退休生活初感

七律·静居（新韵）

辛途苦作已潜行，突变宅男远闹程。
餐饮起居从老伴，友谈杂趣探微情。
时翻书本寻一乐，偶对朋侪叙半盅。
淡饭粗茶香满口，少孵多动步轻盈。

2013 年 5 月 24 日，退休生活又记

七律·人生（新韵）

甜酸苦辣由心揣，喜怒哀欢相感生。
命运本含三份势，梦圆还得九成功。
星辰日月无虚掷，天地人和要细耕。
酒色气财弗妄取，止行有度悦身宁。

2013 年 8 月 3 日

七律·老伴（新韵）

烹调买汏口中香，洗熨浆缝体上装。
细扫频抹家境适，寒嘘暖问事情常。
痴心唯有夫和子，脾性稀发短恰长。
寡语微言多意会，相依相傍伴相帮。

2013 年 10 月 1 日

七律·球论（新韵）

试挥瞄准静声息，舒臂旋身速劈离。
颜展颜合随弹转，杆升杆落望标及。
抡长击短凭君好，秉矩循方守士仪。
绿场拼搏虽戏技，为人处事也相宜。

2013 年 10 月 21 日在球场挥杆得

七律·重逢（新韵）

当日寒窗在校园，求知问道正韶年。
光阴荏苒添华发，沧海重逢换鹤颜。
佳酿越陈香郁盛，友情愈久味悠绵。
举杯叙旧嫌词少，把酒还希续后篇。

2013 年 11 月 10 日大学同班到安吉游

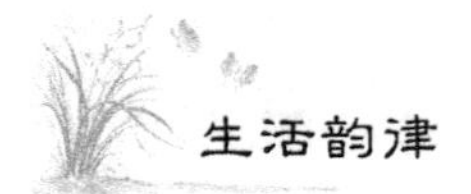

七律·诗乐

人老时轻找事忙，闲翻书卷衬辰光。
识今识古纯娱己，尝律尝词恁动肠。
偶赋唐腔新半调，常吟宋曲旧全章。
倘能逗取君含笑，拙语粗言尽塞搪。

2013 年 11 月 21 日

七律·人生感

奋斗尘寰值几何？一妻一子一欢窝。
光阴流水余残屑，俗世长河逝峻峨。
苦短人生谁尽意，缤纷夕照我无蹉。
钱财名位伤身物，体健心宁不惑跎。

2013 年 11 月 25 日

七律·闲读（新韵）

一篆炉香半本书，正襟危坐老饥儒。
闲读诗卷禅时日，忙觅词章祭膳厨。
初涉文山觉肚饱，再临学海悔肠枯。
嗟乎少壮疏华岁，近朽狂发有也无。

2013 年 12 月 18 日边看古典边叹文妙击赋

七律·退休年记（新韵）

退休一载远离商，学海重楫起晚樯。
曾涉英文诚裹腹，怎及古韵慢萦肠。
朽年虽作黄昏颂，清趣堪跻弱冠郎。
手捧书籍承祖训，乐孜不倦啃华章。

2014 年 2 月 14 日

七律·祭（新韵）

百岁人生又几何？指间年月叹蹉跎。
少辞父母功淘世，老悟高堂念溢河。
曾欲报亲期锦日，怎知负愿望天国。
梦中再见慈颜晚，惟借清明赋痛歌。

2014 年 4 月 6 日，清明回乡祭拜父母后作

七律·诚待（新韵）

尘世凡心各不同，难得诚挚野俗中。
待人待事胸卓落，律己律行身反躬。
受惠常思恩广水，施恩莫记惠环穹。
襟怀宽纳山川景，信道群帮会竞雄。

2014 年 4 月 25 日

七律·翁聚（新韵）

昔年同事现休翁，耆齿耋龄老弟兄。
岁月有声寻往迹，光阴无影觅常踪。
怀思故旧稀询候，餐聚新颜厚作东。
今又欢酣南店里，祝福未尽望重逢。

2014 年 4 月 27 日

七律·诗词（新韵）

突萌“欲读方知学龄晚，求索何悔暮年迟”后作。

唐宋苛葩平仄调，韵押仗对意传神。
精挑细选方形字，竭虑殚思律吕文。
字若磐石言志豁，文如弱水诉情真。
仓颉魂魅今何在？漫步诗词觅旧痕。

2014 年 5 月 25 日

七律·妪常（新韵）

早理阳台晚伺花，未餐先事把家抹。
拂尘擦垢勤搓洗，买菜烹调淡泡茶。
几净窗明衣整妮，物齐室亮地光滑。
齿欢神逸平实过，翁妪相窥也笑趴。

2014 年 5 月 30 日

七律·追梦（新韵）

人生逐梦几时休，不过稀年怎弃求。
少幻齐天凌昊志，青怀平海驭涛筹。
虽然命负八升米，但也功兜一斗油。
仙境黄粱原笑侃，却超无枕到白头。

2014 年 8 月 1 日

七律·侄婚（新韵）

前世姻缘系赤缗，浙徽两地许朱陈。[①]
百年同渡千年枕，一代和合万代根。
举案齐眉习孟女，题名榜甲仿张君。
玉莲并蒂人间艳，散叶开枝育子孙。

2014 年 10 月 1 日

七律·人生赋（新韵）

暂短人生该咋样，谁能先见与先明。
不尝苦辣甜酸味，怎获存身济世经。
未走曲直平峻路，何知忠庙孝亲情。[②]
清闲安逸啥时有？鬓染苍霜或缓行。

2014 年 12 月 9 日

---

① “朱陈”意同“秦晋”，见“红楼梦”等。

② 中间两联扇对更工。

七律·自贺拙作付梓（新韵）

野鹤闲翁揽趣宜，且将琐事戏诗题。
生活本像溪流缓，平日难得雨雪急。
惟捕瞬息舒笔墨，但捉微漾泛涟漪。
娱人娱己寻欢乐，习脑习心纂素集。

2015 年 1 月 12 日

七律·护体（新韵）

据老中医说，我腰椎是几十年前的老伤。据此推断应在部队时受的伤。

退休本欲享福积，岂料腰椎现问题。
身体病疼犹可忍，精神苦恼却难息。
起居行止颐伤骨，家务杂繁累老妻。
在位谁人不奋斗，然而护健莫迟疑。

2015 年 2 月 8 日

七律·缅怀母亲

慈母西归十五秋，涓涓往事堵心头。
夫纲子愿唯无己，坤道家常偶有愁。
吃尽人间千种苦，换来后代万般优。
潺潺眷爱儿难数，几梦容颜泪枉流。

2015 年 4 月 5 日，清明，雨

附：

清明寄语——我的母亲

今年是我母亲过世 15 周年。母亲是突发性脑溢血病故，终年 76 岁。

母亲一生共生养了 9 个子女。因 20 世纪 40 年代末缺医少药和 60 年代初缺食少吃夭折 4 人；存活 5 人。母亲把自己的一生全部奉献给了她的这个家和她的儿女们。

母亲的勤劳和艰辛。母亲是旧式农村小脚妇女。我父亲在世时一直做村（原叫生产大队）会计；年轻时有很长一段时间在隔壁村做会计，基本上常年不回家。家里里里外外全靠母亲一人操持。小时候记得母亲在生产队里劳动，上午中间休息时她得从田地里一路奔回家烧饭，未等饭烧好又得急匆匆奔回田地里做事，最后得由我守在灶旁添加柴火把饭做熟。每天如此。

母亲不仅白天要在队里劳动争工分，早晚还得缝补浆洗种菜养鸡养猪，夜里还得纺纱做鞋，整年整日是没得空闲的。比如做鞋，现在很多人可能都没看到过了。以前农村人是不会买鞋穿的，靠家里巧妇自己做。母亲儿女多，每年要做十几、二十双鞋，都是晚上在煤油灯下一针一线做成的。我记得很清楚，那时我一觉醒来，母亲通常还在煤油灯下纳鞋底。直到我上大学，我还穿着母亲做的现在叫做“北京老头布鞋”的鞋，但那厚厚的鞋底可是母亲千细针万蔴索制成的，而不是现今的塑料底。它很有点技术和艺术含量哟。

母亲的能干和好胜。母亲心灵手巧，家里家外的事都做得服服贴贴。在生产队劳动，凡事总要做得比别人好比别人强。比如，在地里摘棉花，人家一天摘八斤，她非摘到十斤不可。也可多挣点工分养家哟。

母亲的通达和善良。父亲是村会计，家里往往有客来。这时母亲总是把家中最好吃的东西拿出来招待客人。比如，平时我们自己舍不得吃的腊肉、咸鱼、鸡蛋。现在很多人可能不知道，那时农村人家的鸡蛋可是要拿到供销社去换取油盐，平时基本上是不吃的。还如，以前每年3、4月份春荒时间，农村会有要饭的。遇到要饭的，母亲总会拿出一碗半碗饭给他们，而我们自己或许还不够吃呢。

母亲的孝亲和护犊。我的祖父母跟我们是分开住的。祖父母在世时，每逢过年过节（端午和中秋等）家里杀只鸡或买点肉改善一下伙食时，母亲总是先盛一碗送给爷爷奶奶，尔后是父亲和我们，她自己从来舍不得吃的。那时农村平常是没有肉吃的。她的儿女们平时若遭到别人欺负，她会跟人拼命的。

母亲的远见和博爱。我母亲小时是被人家抱养的，即所谓童养媳，她自己可能连自己的亲生父母都不知道，我从来没听她说过。她没读过书，连自己的名字也不认识。但她和小时仅读过三年半私塾的我父亲一道把自己的五个子女全都送上了学，其中三个儿子上了大学，一个还是博士。这在几十年前的农村可是少见的，最起码在我们家乡方圆几十里是绝无仅有的。

母亲的勤俭和节省。我们兄弟几个工作后，每年都会给父母寄点钱，但母亲总舍不得用。过世时，我们发现她把我们寄回去的钱基本上都藏在家中。

母亲的一生是平凡而又伟大的一生。她的一生具备着几十年前纯朴的中国农村妇女所具备的所有的优秀品质。

十五年前母亲突然过世，是我们料不所及的。母亲的身体平日从外表看蛮好。当时我已到新加坡工作，其他弟妹也都成家立业，家境大大好转。本该母亲贻享天年，可惜没享到几天福就过世了，这是我们做儿女的永远的心痛。

愿母亲在天国安息！

七律·人生搏与缘

沧海桑田多变换，人生顺挫几苍黄。
时间本是全能药，道境须修半健忘。
博力纵然年百载，归途不过梦无常。
悠悠万事皆随份，成败输赢自短长。

2015 年 4 月 19 日上午从医院结账后回家的路上

七律·无题

人软遭欺马软骑，善心要向善人为。
平生莫做污良事，富口毋谈损德辞。
被犯三回当礼往，受侵两遍作仁施。
男儿信义行天下，权变情通或更宜。

2015 年 5 月 3 日

七律·老年习字歌

狼毫滞硬羊毫软，轻重全由五指挑。
宣纸若纱洇度正，墨潭比漆泽光昭。
挺腰舒臂身端坐，静气宁神笔慢描。
不必穷思不费力，竖横点捺撇无聊。

2015 年 5 月 26 日

七律·四季人生（新韵）

春花烂漫草间荣，夏暑凉风少伴行。
秋月皓明时隐影，冬晖雪瑞短啼莺。
天常难有十全事，世道焉无几废经。
苦涩人生多混味，知足乐命笑峥嵘。

2015 年 6 月 18 日

七律·生活（新韵）

生活本像一杯水，自觅调曲自酿鲜。
残月零星藏晓绮，浮光掠影露夕烟。
于微细处寻欢事，借日常经念惮篇。
心内如虹心外丽，平民舞岁苦犹甘。

2015 年 6 月 27 日

七律·晚年生活（新韵）

往事如歌早佚零，今朝杯酒自悠情。
于无声处闻韶乐，在盛筵前品素羹。
老伴柴门多挽手，亲朋鹏步少牵行。
置身山水寻诗画，不枉人生苦短程。

2015 年 7 月 13 日

七律·老年墨修（新韵）

耄耋学艺虽时晚，然胜虚溜色暮年。
依样画葫临古帖，捉毫悬腕仿先贤。
点横撇捺神着劲，藏露行收笔舞翩。
纸上洞天方寸大，自得其乐做童仙。

2015 年 7 月 18 日

七律·健康

拼命人生为啥忙？报亲报国职司狂。
常年鞍马追名利，整日舟车载梦梁。
功业晋身辰已老，儿孙绕膝病临惶。
天修本性天犹是，几薄钱财几重康？

2015 年 7 月 23 日

七律·诗娱

闲翁附雅吟平仄，俗笔临风对俪辞。
饭后茶余宜众笑，身遥神迩释亲思。
不歆李杜流仙誉，但慕陶郎采菊诗。[①]
娱己娱人村野味，傍山傍水着凡姿。

2015年8月5日

七律·老夫老妻（新韵）

出门再见进门喧，散步溜街素手牵。
相顾无言一觍暖，互凝含脉两情鲜。
起居餐饮勤关候，嬉闹佯嗔偶戏癫。
偕老今生同伴翼，不求来世不歆仙。

2015年8月20日

七律·京游

皇城脚下昔工郎，今乃休翁返客乡。
千里蓝图飞丽景，半天绿野见琉墙。
身临旧址更新貌，足踏新幽带旧装。
紫气浩然王者地，巴人游圣沐龙祥。

2015年8月28日

---

① 郎，宋喻良能。

七律·人过六十岁

喜素轻荤量渐绵，衣装顾适偶光鲜。
神恬脑健凡求少，语寡言微听众偏。
地位权威看袅篆，钱财物欲处超然。
怡孙弄卉欣寻乐，诸事随心惜晚年。

2015 年 9 月 13 日

七律·过重阳

魔都城内少山畦，再上层楼乘电梯。
携妇登高望南北，坐堂问盏品东西。
心中突现茱萸句，腹底先藏寿客题。[①]
百岁人生当可羡，自由自在吕仙齐。[②]

2015 年 10 月 21 日

七律·作诗与赚钱（新韵）

闲叟悠悠把律玩，常怀昔日赚钱难。
茫茫市场当贴判，笔笔商约必细勘。
半夜三更迟入睡，四肢五脏少容宽。
利谋得有卧龙智，不似诗歌唱凤鸾。

2015 年 10 月 26 日晚

---

① 延寿客，菊花。

② 吕仙，八仙之一吕洞宾。

七律·岁痕（下平十二侵）

满脸丝纹岁月侵，一腔仁爱雪霜斟。
经纶半腹毋轻露，贯纬三生不重吟。
滚滚红尘清悄过，纷纷世论闹中沉。
情浓深处无言表，幕落归家拽妇衾。

2015 年 11 月 7 日

七律·做事铭（下平十四盐）

百味餐肴础乃盐，人生谋事苦为签。
耶稣受难匡黎世，孔子茹贫救礼瞻。
吾辈虽非贤圣比，徽行也要道仁兼。
夙兴夜寐胼胝手，凡体堪能拥玉蟾。

2015 年 11 月 8 日

七律·溜脚观景（新韵）

世纪公园走一遭，伸足挥手扭僵腰。
和风丽日观冬景，阔廓寥天赏菜苗。
枫色路深迟彩异，荷塘水浅早枯焦。
妪翁相挽时优渥，心逸吟歌赋晚谣。

2015 年 11 月 10 日

七律·家太（新韵）

柴门家太水平高，左手银屏右手茗。
边掸灰尘边蹭剧，且馋电脑且厨肴。
工出蓬荜心舒适，艺盖杯盘胃贵娇。
共渡同眠今已是，同眠共渡永琴调。

2015 年 11 月 13 日

七律·宅雨

冷雨潇潇续打墙，轩窗默默附翁旁。
远方景致藏藏隐，近处楼台隐隐藏。
路上行人惶促促，空中水滴促惶惶。
痴痴宅老窝扉里，祭祭光阴抱古章。

2015 年 11 月 22 日窝家望雨押韵

七律·凡世（新韵）

世不沽名有几成？争荣取利似咸情。
常人奋斗修身起，为己宜他礼义行。
寡者攫夺失性止，掘公损众耻廉更。①
森罗万象浊难免，漠与峥嵘是老生。

2015 年 11 月 25 日

① 中间两联扇对。

七律·立世（新韵）

莫羡名家莫羡仙，人生在世己撑天。
山横当面缘身上，水挡中途绕路穿。
豪富豪才他日月，寡银寡智自坤乾。
苍公总有识贤处，或写直钩再钓篇。[①]

2015 年 11 月 28 日续前作

七律·闲语

纵论横谈戏闹喧，心中底浅莫轻言。
凡间隐士多平相，世外高人少冕轩。
欲授半能填腹实，若赢满贯俯身尊。
虔诚拜取真经卷，学富三车不挂幡。[②]

2015 年 11 月 29 日

七律·校平仄（新韵）

诗词平仄不烦难，京语方言有点酸。
逐字清查还漏网，挨行校对也遗残。
前头写就新思起，后面更张旧句悬。
此顾彼失疵品现，再三核复是为观。

2015 年 12 月 4 日

---

① 见姜子牙皤溪直钩钓鱼的故事。

② 常言“五车”。

七律·无题

生活犹如万象筒，轻摇重幌绝无同。
上山打虎英雄汉，下海擒蛟俊杰工。
杂贩尚能糊口满，纯农也可挣衣丰。
毋怨毋恨毋言弃，争立争强自德隆。

2015 年 12 月 6 日晚

七律·过圣诞

圣诞原非本土生，洋为中用乐如泓。
青年男女乘机闹，老幼婆翁借事萌。
树饰银灯光灿灿，屋悬笼彩喜盈盈。
平时日已丰腴过，逢节氛围意更萦。

2015 年 12 月 24 日

七律·清咖

轻烟袅袅杯中起，香气盈盈腹内醺。
色比酱青深半度，味如草药浅三分。
提神醒脑增能量，利尿祛脂减毒氲。
苦口回甘宜细品，人生正像黑咖芬。

2015 年 12 月 27 日

七律·玩诗

雪舞苍穹掩地颜，翁凭斗室赋诗闲。
半天时过空肠荡，一瞬机灵巧句环。
装点江川无用处，陪同社稷有群山。
唯图冬夜添春色，乱语胡言逐玉斓。

2015 年 12 月 27 日夜

七律·饮咖

手持小勺指兰花，轻搅咖啡玉气斜。
难抵芬芳垂鼻嗅，欲图色相乳糖加。
先咕半口尝甘苦，再呷余杯品晚霞。
把味三时犹未尽，端身高凳作仙家。

2015 年 12 月 28 日晚

七律·元旦逛街

南京路上人潮涌，龟步蛇形鹤立鸣。
对对双双萌兴致，男男女女秀娇情。
店家商铺躬身客，酒肆茶坊笑脸营。
老太老头轧闹猛，新年伊始感昌荣。[①]

2016 年元旦步街口占七绝于次日改本律

① “轧闹猛”，方言，意凑热闹；“轧”，ga，二声。

七律·四十年前贫学恍忆

如勾弦月挂西残，清冷街灯照字难。[①]
夜半孤身书伴坐，冬长瘦影墨陪餐。
寒窗苦读求知渴，贫士劬耕盼第宽。
四十春秋间指过，而今一笑鬓花漫。

2016 年元月 16 日同学告今天是离校四十周年而作

七律·尿结石[②]

突然尿毕仍盈涨，偶伴微疼热状除。
药后口干持喝水，排前腹痛断修书。
恶心呕吐生津冷，道堵流羁出路淤。
遭罪两天终赎过，峰回直泻又途舒。

2016 年元月 31 日

七律·备年

家禽鱼肉已平常，菜果瓜鲜拣好藏。
烟酒茶酥酬半客，对联花草庆丰堂。
红包压岁除邪祟，清貌过年显瑞祥。
华夏文明传统古，俗勾老野捉闲章。

2016 年 2 月 4 日到自贸区备年货

---

① 指早起在路灯下读英语，暗淡的灯光看发黄的字母还真不易。

② 注：此乃尿结石感。

七律·过猴年（新韵）

古老习俗又一春，祖先智慧太奇珍。
属生动物循环走，天地干支按岁轮。[①]
乾盼风调人盼顺，坤图丰产畜图牲。
羊欢旧祀今夕守，猴跃新辰瑞满身！

2016 年 2 月 7 日乙未羊年除夕

七律·诗境（新韵）

仄平和律似门窗，诗境合情更首倡。
雪地柳丝何处翠，腊冬大雁哪方翔？
炼词琢句勾诸相，捉影逐风酿紫章。
截木移花诚匠斧，张冠李戴却彷徨。

2016 年 2 月 16 日

七律·养老体

有钱补品当陈粮，无票三餐糙米香。
蔬果茶清消食道，腥荤脂重损膏肓。
随心所欲精神逸，运体持方旺力张。
学者专家仙俗语，谁依鬼话等求伤。

2016 年 2 月 17 日

---

① 属生，方言，即生肖。

七律·昔日军旅情①

兵营昔像多科校，青涩戎装自惜时。
习武读书针插缝，务农打洞命吟诗。②
孤身哨夜涛声伴，群炮行歌地震移。
四十八年虽过去，宿情历目感而痴。

2016 年 2 月 25 日夜

七律·大海情愫③

静如处子平犹镜，动若狂飙涌竞翻。
脚踏波涛观日月，面迎大海望椿萱。

---

① 十八岁不到应征入伍。入伍两个多月入党，半年当班长，再半年拟提干，身体不合作罢。四年的部队生活，除了锻炼了吃苦耐劳的精神，还培养了自强好学的风格。在部队我利用假日、晚上工余时间（假日、晚上不等于工余，因还要站岗、打坑道、组织学习，刨荒种菜等），竟然逐字逐句地啃完了十几本马列毛、鲁迅等著作。

② “打洞”，打坑道。我们是海岛前沿守备炮兵，但打坑道是项基本任务。平时手握十几磅的铁锤、钢钎打，过年过节，民工回家，就把民工用的施工机械借过来打。故春节年夜饭一吃就马上上山打坑道。大家都是玩命地干。连队领导一进坑道有时是三四十个小时不休息。

③ 尽管一辈子都从事国际海上运输业，但真正在海上生活仅两年多。东至日本，西到西北欧。领略过海上的滔天巨浪，也陶醉过洋面的风平浪静；见识过上世纪七十年代国外的繁荣，也经历过当时中国的落后。海员，一个特殊的职业，一帮特殊的人群，家国情怀永刻心头，无论何时何地无时无刻不在奉献着自己的智慧和人生。

纵横四水连藩国，阅尽三洋惦故园。[①]
万里长桥风雨路，丹心环宇比鸿轩。

2016 年 2 月 26 日夜

七律·昔商情怀[②]

远瞻商市决将来，效法隆中对策开。
持信诚招天下客，守规广揽世间财。
精心管控防风险，放手操盘导俊才。
笑看海潮飞起落，凭钩垂钓我悠哉。[③]

2016 年 2 月 27 日夜

---

① 四水，四海的广义。三洋，当时商船不能到北冰洋。现在北冰洋也可走了。

② 从事国际航运几十年，最后十五年在新加坡独立经管一支小船队。其间三历市场大起大落，除初到任时略有亏损，余皆赚钱。即使整个行业 90% 的公司或亏损或破产，我司也赚钱。最好的一年净利 1.2 亿美元，船均 1 千万美元，人均 800 万美元。（不计船员。因船员是租用，不算公司编制。）15 年共创净利 5.5 亿美元。船队从我接手时的 7 条船 30 万载重吨到交班时 12 条船 70 万载重吨（中间最多时 17 条船 90 余万载重吨，后受政策限制缩减），公司资产负债率从接手时的 94% 降到离任时的 4%。所创利润是上级上市公司从该公司创建到我离开时总投资（含借款）的十倍多。这在航运界时算奇葩，也是我人生中最难忘的一瞥。故记。

③ 诗句而已，实则商场如战场。

七律·字娱兼答诗友

古贤玩律事衣冠，愚叟拼词为己欢。
坐地临窗思炼句，巡天对月梦宫銮。
鱼虫花草寻芳页，社碎街谈走笔端。
骋目随心无约束，信涂翰墨老时宽。

2016 年 3 月 3 日晚

七律·乡思

离乡背井是何年？闹市萦根几舞跹。
鬓发早稀容已老，椿萱仙逝梦徒牵。
贫山瘠土心头滞，秀水青田思境鲜。
苦短人生随处立，难忘故地旧园川。

2016 年 3 月 12 日

七律·贺儿择回国[①]

在外求知十二年，宁归双弃置科虔。
赤心报国平民概，专志攀巅布士弦。
学路苍苍无尽境，世途漫漫少参篇。
抬头正步崎岖道，奋发登高举骏鞭。

2016 年 3 月 19 日

---

① 小孩在美从读研、博后到工作共十几年，最后美一国家研究院主动致信邀请他去工作，年薪可观；但小孩放弃了，选择回国。

七律·清明

清明时或雨滋茵，犹似先君泽后人。
游子整装归去急，谒陵扫墓寄哀真。
一年一度祠亡节，无影无踪念故亲。
尽孝还须身在日，错期空敬枉悲呻。

2016 年 4 月 1 日晚

七律·向善

勾心斗角人间态，逐利争名性本能。
上善行当为家国，下为事却损亲朋。[①]
胸中有称衡妖魅，眼里无邪向正层。
浊世柔情怀万物，何忧半夜鬼声腾。

2016 年 4 月 10 日

七律·持爱

谋生道路本崎岖，世上无人没挫途。
百屈不挠凭意志，千锤可塑等通衢。
缤纷尘界清心看，平淡光阴素手涂。
怀揣未来盈满爱，恒勤赤子总宏图。

2016 年 4 月 11 日

---

① 第一个“为”，仄声，动词；第二个“为”，平声，名词。

七律·老时丰

东方日出西边雨，南地葱菁北国融。
观罢早霞尝晚景，听完晨曲奏昏宫。[①]
三杯醅酿醺肠胃，四季鲜花酝律工。
如水光阴心静处，怀柔岁月老时丰。

2016 年 4 月 23 日晚

七律·午餐（新韵）

一盘披萨一杯咖，半晌闲思半晌暇。
黑赤浓缩甘味满，焦黄芝士碧丝拉。[②]
慢除腹内馋虫欲，细品肴中苦素葩。
淡饮简食余挚爱，身心愉悦最为佳。

2016 年 5 月 6 日午于浦东大拇指广场披萨店

七律·相处

人生识处几年缘？时尽途归一阵烟。
有爱帮扶迎晚夕，少情坦对送晨天。
实诚高品凡心向，虚伪低为相腹煎。[③]
故旧亲朋今世遇，仁怀厚信共慈船。

2016 年 5 月 16 日

---

① 宫，五音之一，代指五音。

② 有种咖啡名叫“浓缩”。

③ 相，宰相。

七律·孝

反哺非为人特执，良禽也懂报衰亲。
花钱奉老诚然好，挤空承时却倍珍。
两座高堂匀色苦，独生子女负家辛。
唯于细处传情感，孝悌门庭出贵身。

2016 年 5 月 18 日晚

七律·忠

忠国忠家忠事业，守规守职守行声。
男儿七尺八方立，女子三从四德更。
凡路崎岖坚意魄，云途篷顺济群生。
匹夫念笃蓬尘里，精卫怀衔海石情。

2016 年 5 月 19 日

七律·商战（八首）

一

俗说商场即战场，身兼智勇卧龙郎。
运筹帷幄观天下，挥楫舟帆竞海疆。
沐雨栉风平日事，丰餐厚履偶然觞。
腾升跌挫无欣泪，赚满荷包便是王。

2016 年 6 月 5 日

二

夜深谈判等回音，桌上话机酣睡沉。①
宽室孤身时暂固，焦心方步意频斟。
暗窥对手神防躁，静候翻牌默蕴金。②
骤忽铃声传报捷，伸腰抖落晓天参。③

2016年6月6日

三

自古商场无父子，行规业法大于亲。
合同谈判凭谋巧，生意成交守品珍。
驷马难追绅士语，言而寡信小儿伦。④
真诚赢得人心在，何虑财源不等身。

2016年6月6日

四

日读新闻聚政经，本行动向耳时听。
市场剖析权真伪，实地纵横感滞灵。⑤
蛋放三篮分侧重，险防四策备安宁。
商机瞬息当神断，稳可终身作富星。

2016年6月7日

---

① 因时差，跟欧、美联系往往在深夜。时手机费贵，用座机多。

② 商务谈判除市场因素外，还得斗智斗勇，讲心理战术。

③ “参”，星宿名，即启明星。

④ 本行当，业务谈判通常是先电话后文字。但无论是口诺还是字诺，只要诺了，双方就得严守。在此点上德、日人较守信。

⑤ 市场判断可定公司生死兴衰。而对市场判断准确与否本人认为经验大于理论。

五

市场起伏竞狂潮，瞬息翻腾易脑烧。[①]
刚见云天帆醒目，又临浪谷舶残桡。
统军主帅毋情惑，钓镠渔翁少绪漂。
静眼慧观冬夏色，遇机善断响长箫。

2016年6月8日晚

六（新韵）

耳敏八方靠友传，眼观六路倚人缘。
商行息育钱基础，生意根源脉象圈。
团队成员长短补，竞争对手贵和旋。
亲疏共助招财广，业界神游理所然。

2016年6月9日

七

人在商场贵练功，身怀绝技可称雄。
熟知本业基渊学，兼识邻行始础工。
实践参经时总结，专长书论日修通。
平生职重因勤砺，底蕴殷丰紫气隆。

2016年6月11日晚

① 很多人生意不是败于艰苦创业，而是败于市场疯狂跟风。

八

市场起伏众纷纭，冷眼观思莫逐群。
生意萧条难脑热，财源茂盛易心醺。
跟风本性人多是，携雨能才世鲜闻。
唯有时忧兼远虑，方赢度断任挥斤。

2016 年 6 月 12 日

七律·游感

山青水秀气生津，呼吸宏通没阻尘。
晨雾缥虚峰隐现，晚曦环照壑清陈。
蓝天罩顶云浮缓，卵石铺程足踏匀。
不药治症炎管愈，平乡菜野比城淳。①

2016 年 6 月 19 日于泾县游后

七律·泡茶

三千弱水对围城，一泻飞流卷藁茎。
上下翻腾云涌怒，纵横碰撞雾蒙惊。
银河色变须臾混，藻海颜澄刹那莹。
骤雨急风平静后，幽香阵阵唤人轻。

2016 年 6 月 25 日

① 前段时间我有支气管炎，这次泾县待几天似好多了。

七律·商场苦衷

自古言商论战场，未曾经历乍评长。
酸甜苦辣个中味，露宿风餐圈里郎。
庙算功成人敢道，帏谋策失事违常。
天生徽料纵银海，何必晨昏倍瞎忙。

2016年7月1日韵和柳明先生赐作

七律·步诗

寻辞问曲路轻盈，踏仄谋平腹纵横。
俯首浅吟思俪偶，抬头凝望采华英。
植从七步诗随就，夫寄三更句也成。[①]
返案屏前敲键疾，气呵半品待回耕。

2016年7月19日感每晚边散步边寻诗

七律·诗玩

意厚言工句数行，繁文琐节不相量。
激情迸出莲花字，信手拈来曲管簧。
诗伴夕阳无限美，肚装平仄任思狂。
自从品得卿滋味，哪识炎寒冷热凉。

2016年7月21日晚

---

① “植”，曹植。

七律·暑热

娇阳高照炽青天，半数河川醉晕眠。
灼灼霭光笼水闪，莹莹腾焰耀山颠。
田农瞻望风云过，路客惊看地脚缠。
老汉杯茶情享饮，两行笔墨当凉泉。

2016 年 7 月 23 日

七律·昔趣又六则

一、除夕餐

昔南洋工作时，除夕夜我总安排公司的外派员工、家属一起吃团圆饭。按当地习俗，还给每人发个红包。大家融融洽洽，不是一家人，胜似一家人。饭后要看国内的春晚，故团圆饭差不多下午六点钟就开始了，太阳老高的，天又热，头两年感觉怪怪的，后来习惯了。

乌挂西天丈八竿，炎光热浪赤霞冠。
南乡客旅团圆夜，海店同仁岁夕餐。①
飞盏属亲遥祝远，引觞朋好近辞欢。
半酣颜映红包艳，笑语阑干正夏宽。

2016 年 7 月 25 日

① “海店”，酒店名简称。

二、“烤鸭店”

昔南洋，为省成本，本司外派员工先配住后租住公司早期买进的顶层东西向的公寓，每天日照十几个小时，终年不变，人以“烤鸭店”戏之。男士白天上班，但家属们始终在家，为省钱又舍不得开空调；我太太是十几年如一日。虽35度以上的高温每年极少，但常年夏季，早晚温差小，热还是难当的。遇下雨就好多了，30度左右，较舒服。

日出蓬门罩四墙，午间蒸气护娇娘。[①]
终年惠享阳光浴，累月滋濡汗水汤。
抬眼望蕉巴阵雨，低头阅卉倦霓裳。[②]
时闲结伴商场进，观物移尊半借凉。

2016年7月26日

三、仲裁案

十多年前，挪威一船东就租船合同与我司发生纠纷，协商不成，最后对方提出在伦敦仲裁，我方只得应诉。原标的只涉及二三十万美元，最后对方败诉，为此共付了一百多万美元，因双方的律师费、仲裁费、我的人工差旅费等都由败方承担。记得当时我方律师对此案并无把握，因案情较复杂，临开庭前5分钟还问我是否和解，被我婉拒。当然，商务纠纷最好还是商解，本案我是险胜，事后想想打官司的确太累，赚钱的是律师，他们的时间是按分钟计钞哟。这也是我本人坚持一定要打的唯一的一次仲裁，也算一次特殊的人生经历。

---

① 后阳台门正好对着日出。用“罩”而不用“照”，因在顶层，除墙还有顶。

② 一年四季花草不变，感观极易疲劳。

生意纠纷得协商，沟通无望诉公堂。
曾经裁事三宵昼，强记文宗两纸箱。①
庭问从容如实答，案陈大气按规详。②
善抓对手瑕疵处，胜者为王败刮囊。

2016 年 7 月 27 日

四、辛酸一笑

在新加坡工作的第一年春节前（我在国外也恰好一年，之前在北京还待了两年），太太带儿子去我那儿过年。她们近半夜抵，我去机场接到她们后，不是先回住处，而是先去公司，因我公事还没忙完。当时市场差，生意难，深更半夜谈判是常有的事。她俩穿着棉衣，来不及换，我只好把她们放在车上，开着空调，等在地下停车库。直到我忙完后才回去。

首旅妻儿国外行，北寒南暑厚棉程。
接夫夜半公司往，太座车中地库迎。
时困商难宵寡寐，私轻公重自分明。
遥看岁月风和雨，昔日辛酸一笑鸣。

2016 年 7 月 28 日

---

① 庭审只有半天，但庭前两三天，既要熟记律师准备的文件，又要备堂中可能提及的问题，每天基本上是不休息的，晚上困了迷糊一会，马上起来看案卷。

② 仲裁员不一定是专业人士。庭审中，原、被告回答问题的态度、自信等，都是仲裁员判决的依据。尤其回答案情时，不能前后不一，否则会被认作说假。当时我在庭上就曾抓对方陈述情况不实而指出对方说假话。事后我方律师说，这一点抓得好，给仲裁员留下了印象。

五、海蜇缅玉

十几年前地区公司经理到缅甸开一天多的工作会议，可自费带家属。白天经理们开会，太太们去逛商场。中午我看她们每人手拎一袋海蜇回来了，在宾馆大厅我对着我自己太太发火。下午再出去，当地公司带队的人就带她们去玉器铺了，并且把市场上看到的再好的一只玉镯子指定由我太太买。时价两千来美金，现在市面上就很难找得到了。正如俗语所说，玉跟有缘人。

千里奔投缅玉乡，娇娘径赴菜鲜场。
蜇头一袋赢酥手，家尾三言醒曲肠。①
午后再程寻润品，店前特市获真璜。
有缘能得仙灵顾，翡石闻声入爱堂。

2016年8月8日

六、一步一趋

国外工作第三年，即从儿子上大学时起，老婆就一直陪着我。上班、公务除外，其余时间基本上是我到哪她到哪，包括周六、日等到办公室，即使出差回国有时也带着。在我们结婚30周年即6年前时我曾写过一首诗叫“一步一趋我老婆”。大意如下，因未笔留，今值七夕特忆补。

步盈步就我家婆，转瞬相扶三十多。
昔日赧娘容熟女，今朝黄妇饰柔娥。

---

① 家尾指本人啦。“曲”，事后知家属中去过缅的人不想逛玉器店。

无痕岁月催颜老，有限人生伴侣和。
世事如烟浮眼过，两情周挚共嵯峨。

2016 年 8 月 9 日

七律·合家欢聚

阖家相聚夏威夷，碧海蓝天举笑眉。
儿备行程前两月，妻翘如面候三时。[①]
离机径简穿堂过，登岛瞳宽引客痴。
异地风情虽几日，人伦胜却景淘期。

写于夏威夷时间 2016 年 7 月 29 日 11 点许（比北京时间晚 18 个小时）从火奴鲁鲁直接转机到毛伊岛的途中。

七律·青涩

满腹经纶自拜崇，面朝天际鼻栽葱。
孤芳独赏难群合，众味环轻易寡工。
狭巷扛篙来去直，急喉吞枣入疏同。
捧书立世空长啸，历挫三遭或贯通。

2016 年 8 月 11 日

① 本联谐音借对；“候”、“后”同音，对“前”。

七律·语艺

振聋发聩非喉响，震撼心灵是德功。
话不投机违本意，语生隔膜背初衷。
古倡慎口堪恒道，今讲言工导福宫。
无识之间成败事，超文胜武万千丛。

2016 年 8 月 12 日

七律·适应

我们这代人工作谓之听组织安排。我一生工作调动过七次，大多平调。有称心，有不称心，但都凭着拼搏逐步获取升职。可谓十折不挠。尤其最后十多年在国外如鱼得水甚感满足。

适者生存物律魂，逆规难免出山门。
理清环境寻常道，守住初衷立己根。
赤县不贫窝斗士，庙堂莫罪小菩尊。
爱拼休较成和败，求得心安课旦昏。

2016 年 8 月 13 日

七律·尊人

宰相黎民世上人，高低贵贱下天臣。
喜哀怒乐情相似，吃喝疏排质本邻。
土鳖土豪平待对，文盲文士互推珍。
钱才勿作威凌物，佛道还尊赤脚神。①

2016 年 8 月 14 日

七律·诙老

光阴如水激情迁，老态枯容也自然。
余热岗工成保姆，棺储存款变通联。
终身彩博休难息，临晚霞张炫且怜。
一代共和同志辈，铺桥筑路苦甘颠。

2016 年 8 月 19 日

七律·笑

男儿有泪莫轻弹，世上无人悯戚观。
苦涩本为常历味，香甜多在饿时餐。
笑颜非镪千金值，蹙额谀阴百相残。
心魅缘通储气是，欢容广及众情端。

2016 年 8 月 30 日

---

① “赤脚神”，八仙中的衣服褴褛的赤脚仙也；且俗语“赤脚的不怕穿鞋的”。

七律·制怒（新韵）

怒发冲冠历几回，皆因愿事悖常违。
心扉气塞难排解，情绪流失易泄挥。
脾性天生人固有，道行火淬圣咸追。
遽然雷暴阴三字，脑热之时莫作为。

2016 年 9 月 1 日

七律·立身口诀

诚信恒为德善先，融通色悦广人缘。
勤根慧本甘劬苦，俭性恭情愿策鞭。
习学唯嫌孤室浅，积知但问百家贤。
厚才逊首驰尘宇，敏借东风助运旋。

2016 年 9 月 2 日

七律·昔景（二首）

一、辛

五更鼓息未褰帷，手握银筒紧蹙眉。
满眼苍茫无二色，半身疲倦怠三炊。
市穷水准平东海，气堵心田压峨嵋。
寝食不安强笑脸，长池独舞驱商悲。[①]

---

① 在国外经管公司，公司盈亏存亡是老板的事。这是我在国外头两年的工作实况，有过之而无不及，绝无夸张。

二、欢

狂市船疯遍地钱，欢歌笑语酒飞旋。
然经沧海当知水，再步巫山倍敬仙。
稳坐渔台凭浪起，运筹帷幄任情翩。
长池劲舞群鸣和，天上人间乐竞阗。

2016年9月3日偶浮苦乐往昔随记

七律·晡乐（新韵）

非说曩者不读书，确有光阴漏指辜。
心计三江食可废，情虞四海寝还图。[①]
何曾思晚籍犹恋，焉料临昏墨更抒。
饥捧旧章如玉馔，日玩一律体通舒。

2016年9月4日

七律·琴雅

高山流水越千年，白雪阳春楚曲田。
三尺瑶琴连广宇，七根弦线绝尘烟。
踢勾挑抹穿云去，滚拂吟猱竞屋旋。
凤木羲相伯牙抚，子期不在自哦禅。[②]

2016年9月16日

---

① “三江”、“四海”，生意常用语。

② 羲，伏羲。相，动词性，相中。此句为常见拗句。

七律·棋雅

楚汉纷争黑白天，无声鏖战隐硝烟。
低头谋就连环计，抬手挥藏独着渊。
水尽山穷疑路绝，花明柳暗又峰旋。
往来方寸神通显，帷幄将军我兴然。

2016 年 9 月 16 日

七律·书雅

点横撇捺走毫端，气势磅礴起疾澜。
凤舞啸吟挥趣兴，龙飞逸赋纵巉峦。
笔连四海春秋事，砚贯三江翰墨观。
神定冠峨休杂念，时成日就逐炎寒。

2016 年 9 月 17 日

七律·画雅

泼墨即成山水影，挥毫顿是蕙兰茎。
淡浓峰壑湖尖出，轻重烟岚纸上生。[①]
竹帛谐融千景轴，丹青怡润万年菁。
题兼妙句持双绝，自赏他吟耦久声。

2016 年 9 月 17 日

① 毛笔也称湖笔。

七律·诗雅

凡常碎事尽诗篇，轻取题材一念颠。
瞠貌乃思寻妙句，痴神正历索佳联。
低头终得春秋意，屈体欣当半日仙。
品味闲临唐宋律，光阴似箭不知年。

2016 年 9 月 18 日

七律·酒雅

自古神凡好杜康，席无酒引不欢堂。
壶中天地乾坤小，杯外文章寓意长。
苦辣香甘因个味，浓醇寡淡盖情肠。
捧樽束酌佯骚雅，奉客酬亲偶也狂。

2016 年 9 月 18 日

七律·茶雅

沸水嘟嘟杯皿净，新茶簇簇紫砂吟。
采来蒙顶晨甘露，汲取天山晚雪涔。[①]
煮茗幽斋邀友聚，泡吧喧室对书斟。
苦中寻味云霞品，嚣世幡然肃穆侵。

2016 年 9 月 19 日

① 甘露，茶名。此处含双意。

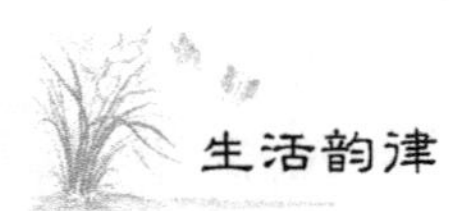

七律·卉雅

春秋草木亦人生，暑尽冬来几谢荣。
伺卉修身怡养性，借文健脑冶陶情。
繁花簇簇撑门贵，芳蕙萋萋促士卿。
终岁吟持兰若翠，邻和家睦事咸盈。

2016 年 9 月 20 日

七律·律戏（新韵）

诗词唐宋越千年，格律严恭史共篇。
平仄声声新旧异，对联朗朗巧工填。[①]
莫驰韵脚宽幅就，应限谐音本部圆。
拗句按规能补救，尝鲜可赞贵明诠。

2016 年 10 月 3 日

七律·吾辈

曾历灾荒少腹空，还经文革斗书穷。
课堂自设田头上，理想公含血液中。
为国为民甘苦乐，于人于己耻私崇。
卅年政改更天地，安享余晖沐晚风。

2016 年 10 月 25 日晚

---

① 巧对与工对。

七律·际艺

控脾制性艺人生，忍气和声德智行。
常俗难羁飙发逆。超凡可驭鲁蛮氓。
与邻为善赢霄宇，遇恶凭心解困情。
有幸三缘逢一笑，虚怀万事乐云程。

2016 年 11 月 1 日

七律·商道

周郎妙计安天下，诸葛茅庐定汉疆，
耳听八方丰杂息，眼观六路策来章。
信招新旧回头客，朋助航程互利商。
进退自如行有度，葳蕤叶茂永华堂。

2016 年 11 月 2 日

七律·家道

孝行天下从家始，尊老承祧爱幼虔。
缘贵夫妻逢隙让，鹏图儿女必严传。
外零内杂相帮作，巨务微情互和弦。
勤俭睦谐兴久本，门庭福禄寿齐全。

2016 年 11 月 3 日

七律·朋道（新韵）

人以群分性自成，趣合品类可为朋。
诚交心照图无利，怀坦言实寄有情。
相聚酒茶同味美，云离念影异途明。
平生挚遇难屈指，泛友如灯走马更。

2016年11月4日

七律·业道（新韵）

从业当怀敬畏心，衣食抱负内中寻。
忠诚奋力持操守，聪智宜才胜岗薪。
遇挫百回形不馁，逢功千遍志尤深。
同僚协作相尊重，砺道恒为必有金。

2016年11月5日

七律·官道

公正明廉第一行，与民谋利职权生。
上恭国粹能扶弱，下敬黎情会感英。
出策解难韬略广，图强发展志心诚。
唯贤是用融群智，在任为官富后声。

2016年11月6日

七律·淡然

人生梦寤在何时？水静漪阑甲后之。
遥看云台驰将相，近窝斗室画荆眉。
朝风晚雨形霞岫，方略圆谋貌古遗。
名位已如花缘镜，赵公余握好盈炊。

2016年11月8日

七律·诗友

霜眉华发博吟诗，半是名家半浅知。
赞点如潮招网滞，往来似鲫作龙离。
半瓶油水穷蹦步，七斗文才富显仪。
平仄本为游戏悦，守规遵礼士绅宜。

2016年11月9日感网诗风

七律·诗人

儒雅犹如山涧水，巍峨堪比岳中峰。
腹藏馨艺寒梅赧，胸抱操行节竹恭。
挑字能招云止步，选词可使月羞容。
枯肠淘尽寻佳句，终结芳条没汗浓。

2016年11月10日

七律·贺儿回国从业

儿回故国选京师，未进千人步意迟。[①]
外籍同行纷美劝，内宗亲属尽中期。[②]
塞翁失马焉非福，智子疑邻盖薄知。
万里征程今始越，鲲鹏展翅对霄姿。

2016 年 11 月 11 日写于儿子去北师大报到之首日。

七律·酒（新韵）

无酒人间座不圆，杜康曲醴古传篇。
中华食饮名天下，汉厦庖厨冠世巅。
骚客常怀杯炙句，仙家也卧饷榼边。
馋虫煨醋息壶瘾，自度金樽乃圣贤。[③]

2016 年 12 月 10 日

---

① 儿本次回国本有中科院、北师大等争聘，最后因待遇他选师大。“千人”，指国家的“千人计划”。

② 儿刚去美参加一个学术研讨会；他原老板、同事都劝他再回美国去。

③ 见《聊斋》“秦生”篇，嗜酒者无酒时会以醋代而去瘾。

七律·色

食色人生古圣言，世存蕃衍两基元。
僧尼儒道持高是，俗子凡夫敬本源。
女爱男欢成大统，魂牵梦好忌仇冤。
法行德守纲常束，家睦亲和社会繁。

2016 年 12 月 11 日

七律·财（新韵）

世上谁人不爱财，有钱佛眼也睁开。
国家富裕国强大，庶众荷丰庶顺乖。
能挣善花挠贝手，省吃俭用梦云台。
公平社会参差小，若作银奴却可哀。

2016 年 12 月 12 日

七律·气

喜怒哀欢气万端，无形之物有形观。
阴阳持道凝元极，天地乖常泛异澜。
志盛青云年少事，神衰暮色岁馨兰。
隆兴社稷风行正，紫瑞环生聚凤鸾。

2016 年 12 月 13 日

七律·双刃

酒炙穿梭话短长，滋身容面过伤肠。
色情本是阴阳道，淫欲根基孟女汤。
财大福深人所冀，心贪禄浅鬼徐望。
气维壮志多颜丽，控自方能将仕郎。

2016 年 12 月 14 日

七律·读书（二首）

一

少年一目十行书，趣味全凭故事储。
壮岁三春工半本，职场时靠技能居。[①]
如今捧籍安闲日，非昔临仙问太虚。
逐字钻探求正意，暮心怀兴胜当初。

2017 年元月 2 日

二

春风得意劲翻书，夏日忘情照案余。
秋雨纷飞泅墨急，冬云乱渡卷文徐。
乐龄虽是三晡尽，娱帙毋知一岁除。
四季勤耕翁自泽，玉颜不及腹璠玙。

2017 年元月 3 日

① 首、颔联扇对。

七律·谢赏析（新韵）

中华汉字妙无垠，谁捧丹铅握几分？
笔若有情存爱意，纸则蕴彩送阳春。
小词三首凡尘寄，大作一析牛汗涔。[①]
莫道文人轻互与，且闻燕语绕诗林。

2017 年元月 4 日谢湖南《诗词》杂志社主编“燕燕”在他们的诗刊上对本拙作置首写赏析而作

七律·曲径

山路弯弯足下生，江河漫漫地形成。
世间少有通衢直，尘事多无顺意横。
曲径每能幽境往，坦途时蹇错踪行。
畅怀权等乾坤转，柳暗花明又粲英。

2017 年元月 8 日

七律·读聊斋

蒲公笔下多狐鬼，似是非人尽是人。
字里行间规善作，音余弦外导常伦。
连篇难说文才妙，惜墨方知匠斧神。
细嚼仙珍回品味，会当书海遇游麟。

2017 年元月 21 日

① 拗句自救。取“汗牛充栋”句。

七律·灶神祭

守护东厨又一年，勤工尽职小家仙。
灶前遍识蔬禾事，台后兼查善恶篇。
难怪主人糖酒祭，只因玉帝食行偏。
上天言好凭甜嘴。回保平安宅福连。

2017 年元月 21 日晚

七律·腹容

眼不容沙察事明，腹收万物气澄泓。
穿肠浆藿浑然过，上口文辞蓦的萌。
尘世纷纭谁饱说，人生杂味自空衡。
百川入海声形息，块垒顿消天地轻。①

2017 年 3 月 17 日

七律·口功

位列当中意自明，天生两职勿偏行。
适餐利腹宜身健，慎语聪听导耳清。
口吐莲花魔面悦，舌缠风雨佛心惊。
惠言能炽三冬暖，莫让贫腔毁誉声。

2017 年 3 月 19 日

---

① “块垒”，喻心中郁结的愁闷气愤。见《世说新语·任诞》中“阮籍心中块垒，故需酒浇之”。

七律·耳顺

逆语良方顺耳难，杖乡夫子尚冲冠。
世多薄面天般大，人少珑心地样宽。
诚学圣贤须故革，仿佯愚智等常看。
俗言皮匠犹诸葛，兼听焉能不上端。

2017 年 3 月 21 日

七律·尊重（新韵）

人有高低贵贱分，源于社会掉元魂。
钱权两物生隔品，强弱无端造裂痕。
唯倡修文增理智，更兼养性减盲心。
互相尊重崇仁义，礼尚往来和气馨。

2017 年 4 月 10 日

七律·家庭变奏曲

柴米油盐酱醋茶，家庭变奏七重笳。
常年苦作求宽腹，累月辛劳祭厚牙。[①]
兄弟相扶馐味足，族朋和睦食盘华。
不奢满汉充平席，温饱三餐面蔚霞。

2017 年 4 月 17 日

① 民以食为天。

七律·童年端午

夜抟新面母更忙，晨起炊粑醒脑梁。[①]
蒿艾悬门驱祟去，芳囊挂脖护身祥。
揣兜咸蛋资肠叫，馋眼蟠桃没票尝。
竞渡龙舟人挤岸，鼓锣冲汉乐儿郎。

2017 年 5 月 29 日

七律·人道（新韵）

撇捺相扶立作人，形单影吊世弗存。
慈怀向众佛心善，忠厚临私道品真。
信义撑天行步正，孝廉柱地导为仁。
平生不涉亏德事，魑魅神灵敬几分。

2017 年 6 月 16 日

七律·贺小侄婚礼

北国边陲一美婵，帅哥南地挚情牵。
姻绳早系鸳鸯偶，月老终成并蒂莲。
夫唱妇随琴和瑟，男帮女协爱堪钱。
心怀孝道持家睦，接代传宗万世缘。

2017 年 7 月 16 日

---

① 注："更"，读第一声。"粑"，新面发粑，以前老家端午不吃粽子。

西江月·闲逸（新韵）

半世辛劳已了，余生闲趣重描。
琴棋书画再相交，草蕙花坛“菜鸟”。

伴内偶淘菜场，驱身独享球飙。
无忧无虑任逍遥，可比神仙更俏？

2013 年 10 月 20 日再记退休生活

清平乐·昔办公室景象（新韵）

屏开茗妥，公案前端坐。
遍览趣闻方本课，金寸光阴且过。

办公室小人杰，或然也有卦歇。
无耳旁闻闲事，赚钱好过时节。

2013 年 10 月 23 日

蝶恋花·人生叹

风雨人生甘抖擞，日月嗟跎，转眼耆龄寿。
冬去春来轻悄走，了无痕迹谁堪究。

曾赴华筵沽美酒。
几度拼争，几度肥和瘦。
历遍千般风雨候，可将尘世摩参透？

2013 年 11 月 25 日

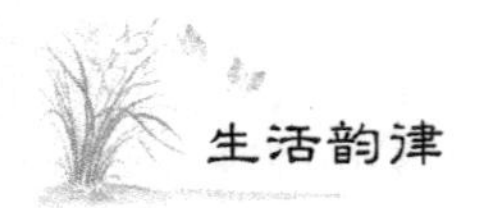

沁园春·商场（新韵）

商场拼搏，几度欢歌，几度冷噎。
望东西南北，满铺智士；后前右左，尽是豪杰。
各显神通，各持高策，紧绕银钱赚不歇。
谁曾料，遇风云突变，半数残缺。

雄关漫道重迭。仍有数、玩家幸免劫。
借踏风竞浪，逆流击水；择潮垂线，顺感决约。
且守行规，又维名第，商海沉浮任汝捏。
蓦回首，看晚霞万丈，商也情贴。

2014 年 1 月 5 日，缅怀兼祝福

千秋岁·过马年（新韵）

十六年来第一次在上海过春节，感作拜年词。

马年到了，归去银蛇俏。
荼垒换，楹联妙。
游人归故里，阖户团圆笑。
持醁醑，爆竹盈耳迎春早。

万马齐腾傲，昂首朝天啸。
飞踩燕，驰云道。
负赍福禄寿，送入君怀抱。
星仙罩，新年定比昔年好。

2014 年 1 月 30 日

千秋岁·寿辰（新韵）

六十寿诞，喜唊生辰面。
夫捧酒，儿来电，
暖融亲短信，和乐阖家见。
齐祝愿，南山苍翠如花艳。

天地干支转，甲子循一遍。
育子立，持家俭。
辛劳逾半辈，性善清福撵。
从此始，养身要海龟龄宴。

2014 年 2 月 6 日贺老婆六十岁初度

摊破浣溪沙·过元宵

正月骑中庆上元，老翁老妪趁欢年。
欲挂灯笼嫌道窄，任姗姗。

邻里孩童牵炬走，园区彩炮绕天联。
绚丽烟花婵衬月，乐颠颠。

2014 年 2 月 14 日元宵节

西江月·老好（新韵）

无束无拘无恼，足衣足膳足巢。
自由自在任逍遥，何事老来不好。

历尽千般苦乐，尝全万种辛劳。
七情六欲渐虚缥，堪与神仙比笑。

2014 年 4 月 22 日

西江月·微信

漫漫空中微信，悠悠世上鸿书。
长篇短论字音图，全靠玩家指取。

趣卦新闻警语，习谈旧事关衢。
晨看夜览日尤需，好似魂相魄许。

2014 年 5 月 21 日

卜算子·端午

好雨应节时，沥沥迎端午。
碧水龙舟颂楚辞，昔憾遗喧鼓。

艾草挂门楣，粽叶包香黍。
饮罢雄黄百病祛，守爱如丝缕。

2014 年 6 月 2 日

鹧鸪天·友（新韵）

鸡黍之交已寡闻，高山流水早绝音。
红尘滚滚寻知己，人海茫茫恰遇君。

刚济媚，武兼文。纵横商旅任帼巾。
嫦娥舞袖寒宫里，妙袂飘柔格外馨。

2014 年 7 月 5 日由同日七绝添改

沁园春·航运

古老行当，变化无端，仍在浪颠。
忆高峰时节，波均过万；低潮岁月，综点无千。①
几度疯狂，几多沮丧，谁会横澜细忖观？
商途险，得稳如泰岳，方保周全。

奈何天性非然。仅少数长盈凡世间。
靠眼观八路，耳闻四面；精心判断，赤胆旗搴。
众智群谋，邻帮友助，各路神仙即圣贤。
助吾力，任汪洋舟荡，一马平川。

2014 年 7 月 10 日

① “波均”、“综点”指行业指数。

蝶恋花·乡绪（新韵）

世上漂泊亘古有。大海淘金，总为糊家口。
夜静人阑凝北斗，乡思阵阵心头骤。

百样梁园招客就。四季无痕，枉教花肥瘦。
每历送行别旧友，怅然失落三回首。

2014 年 7 月 15 日，昔景浮心而作

蝶恋花·家

忙碌奔波窝脚处。别墅豪庭，斗室和公寓。
简陋奢华非要素，温馨和适才呵主。

冷可避风寒挡雨。晨出昏归，夜梦香甜语。
濡沫并非无宿絮，慈航共渡嗔还趣。

2014 年 7 月 20 日

蝶恋花·恋爱（新韵）

絮不完卿卿我我。月下花前，亲密羞云朵。
夜静人稀量路阔，喃喃舌噪毋知渴。

人海茫茫情勿惑。咫尺天涯，远近非心锁。
两意浓浓如蜜抹，一天未见三秋过。

蝶恋花·成家

百世姻缘今夕就。月老红绳，绑定鸳鸯偶。
拜别高堂亲谢友，独撑门户从今后。

与子白头携子手，风雨同舟，不论奢和陋。
富贵贫穷同奋斗，老生病死终相守。

蝶恋花·立家（新韵）

柴米油盐甜蜜后。瓢碗锅盆，偶也红颜侯。
三代同堂欢里瘦，三更未寐常常有。

一路风霜一路走。男顶苍穹，女俭持家佑。
“五子”登科舒广袖，搏拼奋斗齐白首。

蝶恋花·老去

日月如梭更竞漏。韶岁蹉跎，转眼耆年寿。
千古椿萱孺子秀，悠悠万事抛云岫。

朝夕相依唯老耦。日近虞渊，蝶恋花儿酎。
不侈来生重挽肘，只求今世长长久。

2014 年 8 月 8 日

浣溪沙·休息日

碌碌忙忙几日休？驾临周五意悠悠。
若逢长假更抽抽。

酱醋油盐锅勺响，菜肴珍果酒酬酬。
今欢明奋意遒遒。

2014 年 8 月 15 日

满江红·修为

冠盖霜华，闲坐处、昔曾豪杰。
今却是，野夫村老，布衣俗骨。
万两俸银逢月进，三餐素食依时灭。
享太平，诚谢党和国，悠时节。[①]

闲书读，清曲餮；摹旧句，临名帖。
夏来春又去，采文吟阕。
六十人生风与雨，四旬商海云和月。
勤修身，寿喜福康和，临门列。

2014 年月 8 月 10 日

① “国”，旧读仄，新读平；此处应平，意用之。

天仙子·缘

聚散合离皆运数，爱恨怨仇由气聚。
平生相遇几知音？谐友去，新朋叙，
长处短交珍旦暮。

萍迹浪踪凡者路，知己觅求非易与。
一朝挥别复何年，思缕缕，零零语，
旧日逝波难续捕。

2014 年 8 月 13 日

满江红·耆龄闲读

双鬓皤然，发掺色，退休还舍。
无虑食，享闲随处，嗜书免假。
学海浮槎夫自弋，书山曲径翁孤驾。
问真知，逐字细斟研，将功下。

今十页，明半打。观唐宋，游商夏。
此般清闲日，恰补前罅。
手捧圣贤无老感，口吟诗赋难悠暇。
临昏颂，莫负好年华，寻风雅。

2014 年 8 月 21 日

菩萨蛮·过中秋

黄花吐哺临窗外，人间又是中秋界。
皓魄照融天，阖家团食欢。

饼圆情可口，杜酿醇肠走。
对月莫辜时，举杯犹当诗。

2014 年 9 月 8 日

念奴娇·秋尾抱读

雁声才断，骤寒风吹劲，黄花枯叶。
丝雨横斜飕沥沥，敲打灰墙亭阔。
北气番临，南窗环闭，稼穑多收歇。
山川湖泊，尽多朦郁斑缺。

乘此冬未光临，俏天未冻，地未遭寒彻。
世上良时人未老，再受一番衣钵。
学海闲浮，书山求识，夫嗜文如切。
捧身端坐，卷中还觉豪列。

2014 年 11 月 2 日

念奴娇·老来弄韵

正章野史，蓄翰毫无数，几人能拾？
唯有诗歌词曲句，童叟均能聊及。
醉白仙诗，草堂史韵，清照词幽寂。
诸多佳作，世间传颂不息。

现代人事忙忙，东奔西走，终日惶无隙。
独我老翁闲少事，膜古拜贤崇律。
昨诵三篇，今吟两曲，明再诗经觅。
激扬文字，再温年少飞逸。

2014 年 11 月 2 日

满江红·汉字（新韵）

汉字横空，五千史、光辉绚烂。
看勿尽、巨篇名著，世间稀罕。
既墨风流人物轶，更书孔孟皇贤卷。
字字玑、笔笔像刀枪，行行灿。

“红楼梦”，奇世传。“三国志”，神谋选。
翰牍藏珍宝，哪里能见？
盖力长江河水地，方出旷世经文典。[①]
代代传、我辈要通贤，须长案。

2014 年 11 月 7 日

① “河水”，黄河古称。

一剪梅·老人（新韵）

花甲人生百事休。轻解西服，闲坐桌头。
凭空还有锦书来，微信嘟嘟，八卦溜溜。

现代人家老俩俦。一者沾疾，两下相忧。
暮年岁月不饶人，日且宽心，夜也别愁。

2014 年 11 月 9 日，老两口先后生病而作

如梦令·病倒

感冒发烧趴倒，两口身歪还恼。
病后惜真经，贱体健安为要。
还好，还好，今又艳阳天早。

2014 年 11 月 21 日，老两口又病，愈后作

如梦令·梦（新韵）

都叹人生如梦，几见梦瀛幡醒。
百梦伴终生，追梦或圆其景。
天性，天性，无梦怎说仙境。

2014 年 11 月 22 日

忆秦娥·花甲年

刚弹指，人生已是循环起。
循环起，夕阳西下，暮光残炽。

钱多钱少摸囊里，官卑官显成追史。
成追史，昔花烟灭，乐天从启。

2014 年 11 月 27 日

忆秦娥·花甲年（平声韵）

指弹间，人生已过循环年。
循环年，夕阳西下，暮色翩翩。

钱多钱少囊中颠，官卑官显如云烟。
如云烟，往昔已过，乐在当前。

2014 年 11 月 28 日

卜算子·自咏

秋尽雁孤飞，冬至霜晨月。
寂寞寥萧影自看，身外繁华歇。

旧事挂云端，新物无须察。
任教隆冬雪满天，自与梅花说。[①]

2014 年 11 月 29 日

---

① 说，读 yue 四声，同悦。

浣溪沙·亲情（新韵）

花木鸟禽皆有灵，世人怎可少亲情。
之初本性自天成。

天下物凡均可价，唯情两字器休衡。
今生去了不来生。

2014年12月3日

鹧鸪天·葬父（新韵）

父驾仙乡七整年，择时安葬事颇难。
风和丽日昨合是，福葬良辰今雨绵。

乌灿灿，雨纤纤。似歌先父做人贤。
勤劳善正仁直厚，后代儿孙应继前。

2014年12月3日，葬父次日于返沪的火车上

少年游·又一岁（新韵）

无情岁月惯匆离，窗外朔风急。
鬓如霜草，神如冬日，求问不曾息。

嚼完旧典嚼新韵，样子有些饥。
甲岁寻学，老临蒙馆，权当少年皮。

2014年12月13日

桂枝香·我的年终总结

一年又倏，叹庚岁增加，精神还笃。
一日三餐不少，味平多粟。
布衣温暖身平旺，步如常、脑仍飞速。
读书三本，作诗百首，育花常馥。

念往昔、诸多不足。
但听老婆话，跟党同幅；
千古恒言，对此绝无违触。
日苍苍矣趋年暮，晓天常、还不恰福？
然辰飞渡，不须来春，便弹新曲。

2014 年 12 月 20 日

桂枝香·新年祝福（新韵）

光阴飞速，看乌兔横移，又落年幕。
余晚炊烟竞袅，溢香邻处。
烟花炮仗冲天乐，月空斜、地染如沐。
昊天一色，太平景象，诗言难述。

忆旧年、平安逸渡。
望前景新岁，万千祈祝！
天地祥和，国泰政通民富。
身心康健福中首，爱盈门、亲朋欢睦。
事兴业旺，赚钱有道，聚财无数。

2014 年 12 月 31 日

卜算子·羊年祝福（新韵）

归去马年迟，开泰羊迎候。[①]
送给人间尽是欢，福禄同襄寿。

百业俱腾飞，百姓都丰有。
百尺篙头更一层，百瑞跟着走。

2015年2月18日

虞美人·贺老婆生日

人生莫道耆年老，正像花枝俏。
已教小子翅能飞，更少商零务碎扰心扉。

悠悠岁月何其美，未饮心先醉。
愿妻颐齑赛春红，寿比南山不老万年松。

沁园春·老婆赞（新韵）

粗布衣衫，素面朝天，淡馔简肴。
但相夫教子，孜孜不已；持家护少，默默辛劳。
厅室无尘，堂阁有序，居所温馨恒暖巢。
全家小，任外披风雨，归沭疲消。

---

① “迟”，因闰年，故这个马年比一般年份长。

贤妻良母福交，已卅五年如同一朝。[①]
看青丝色减，红酥手皱；纤柔体弱，莹润肤糙。
然念先前，也矜年少，玉貌青春尽妩娆。
现虽老，只老夫眼里，仍曼阿娇！
2015 年 2 月 25 日，贺老婆生日作“虞美人”后意未尽再填

一剪梅·元宵（新韵）

辞旧迎新贡五朝；美酒华筵，又到元宵。
千家万户闹声高。云染烟花，翁宓家巢。[②]

极目南国昔景摇。灯火连天，餐市喧嚣。
骄阳西挂引朋饕。两样风情，谁更多娇？[③]

2015 年 3 月 5 日

水调歌头·住院（新韵）

青涩不惜命，军旅损腰筋。
愚知茫懂，竟然由病自脱身。
谁料伤留体内，人老症出表外，心里锁愁云。
世上悔无药，处事顺当今。
托朋友，寻名院，找医尊。

---

① 我跟老婆结婚已 35 周年。

② 元宵夜阴无月。

③ 南国指叻，此季节太阳要到七点半才落山；四季均夏。

自求心慰，实际哪晓哪仙神。
住院十天够闷，医护六番例术，手法药敷针。[①]
功效虽犹可，出院满身春。

2015 年 3 月 19 日记腰椎断脱住院十天

卜算子·养心

万里碧空深，雾恶常侵扰。
时品敲窗雨点声，正是春光俏。

嚣市挤身居，斗室无喧闹。
养性修身笔墨香，腹内桃园俏。

2015 年 3 月 24 日

十六字令·情（六首）

情。父母情恩比海泓。
生当报，过后枉回声。

情。以沫相濡一路行。
人趋老，无物可参衡。

---

① 住院期间，每天手法、理疗、丸汤药、热敷、打点滴、打肌针。故我称“六番例术”。

情。手足同根是弟兄。
萁煎豆，七步赋常萦。

情。人海苍苍遇几朋。
真心待，风雨也兼程。

情，骨肉相连天性成。
长呵护，至死不能平。

2015 年 4 月 1 日

情，面子还须票子撑。
觥筹错，俗世奉凡灵。

2015 年 4 月 4 日

忆秦娥·朋影心头

春秋月，一年四季如梭越。
如梭越，昔时事淡，昔人情烈。

同窗同事音多歇，新朋旧友常心列。
常心列，半还思念，半还伤切。

2015 年 4 月 7 日

清平乐·朋与友（新韵）

时称兄弟，关键无声理。
者也之乎人感泪，心却衡盘实际。

好友不重金铜，知己在意心通。
泛酒之交无益，人生俩挚灵同。

2015 年 4 月 16 日

卜算子·又住院（新韵）

住院又遭刑，刑法如前狠；
只是花头略不同，汤药更成品。

品也不须说，仍旧将心润。
但愿从今病断根，院阙无缘觐。

2015 年 4 月 18 日出院记

渔家傲·艺口（新韵）

人老心宽多喜忆，朋群难免温闲轶。
旧话重提纯好意。常若腻，两耳生茧心生隙。

老骥须当伏自枥，种花养草康身体。
玩景习书增见地。心雅逸，一杯浊酒双尊礼。

2015 年 4 月 28 日

满江红·心逸

一介平民，从零起、一生奋力。
驰业界、笑悲情怨，但凭天职。
商路曲平人尽语，道经多寡谁真识。
论短长、侥胜后三盘，心充实。

人虽老，神未息；身还在，黉犹急。
荡然悠岁月、任咱编织。
劲舞龙蛇毫墨戏，轻持典轶神情逸。
述怀思、纵目楚天宽，诗文溢。

2015 年 5 月 10 日

念奴娇·故地重游

重游故地，有几多往事，又临心谷。
洁草蓝天花似锦，仍旧那么亲目。
亭厦楼台，店堂贩点，还是凡中酷。
一如常故，只人稀了旧熟。

辛醉岁月狂浮。邀朋欢聚，酹月哼新曲。
更舞案前经夜寂，半志半缘升粟。
三五年华，悄然流去，青发更装束。
昨行无悔，且看今叻闲足。①

2015 年 5 月 28 日

① “叻”，新加坡的别称。

采桑子·吃榴莲

浑身带刺称王果，貌却平常。
味则奇香，数里空间难避藏。

街边摊贩持刀砍，尽露莲黄。
十指攒忙，管甚斯文吃相狂。

2015 年 5 月 29 日

鹧鸪天·异乡匆聚散

旧友新知聚异乡，推杯换盏话闲长。
若无缘分何千里，且看情怀正寸肠。

还有旧，未持觞。樟宜拥别泪强藏。
人间什物钱难买？心底声声互道祥。

2015 年 5 月 30 日

忆江南·昔闺蜜（新韵）

昔闺蜜，姐妹更相宜。
劳燕分飞千万里，故乡重聚两三夕。
又要话分离。

乘今夜，再见未说辞。
暂借金樽飞笑语，轻沾琼液映胭脂。
翘再月圆时。

2015 年 6 月 8 日记太太闺蜜从日来沪短聚

采桑子·六十秋感

多情岁月红尘路，又到悲秋。
有点秋惆，花甲之年无事忧。

无情甲子人生路，诚已悲秋。
仍在秋收，还历之年事更遒。

2015 年 8 月 16 日

卜算子·又咏

乌兔按时飞，又到霜浓月。
万里晴空云自独，秋彩凭人阅。

阅也不争音，只有同音阕。
任教缤纷色满天，我自歌声说。

2015 年 10 月 26 日韵和去年此时的“卜算子·自咏”

满江红·老童生

岁月飞驰，人易老、早跻休族。
身减弱、气神犹在，不甘享腹。
半辈从商书典欠，六旬再业诗担足。
自求学、典本作师文，孜孜读。

章章酌，层层漉。篇篇究，行行逐。
未尝真意境、不能搁牍。
书海寄情忘自我，诗坛托趣怀朋曲。
正逢时、霞晚半天红，浮余馥。

2015 年 12 月 2 日傍晚

念奴娇·凡人凡诗

中华瑰宝，古诗词、千载传承无歇。
耆老宅中思逸事，也欲邯郸师辙。
昼食三餐，夜眠斗室，大事全无涉。
只余零碎，日常生活枯节。

花草树木园林，入心拂眼，即是诗中物。
还有闲情娱卦迹，也可凭词风月。
锦绣河山，英雄人物，更会吟全阕。
人生何短，不如歌放豪彻。

2015 年 12 月 6 日

桂枝香·又一年

星移斗换。望日月横流，又到年晚。
一岁平安逸度，事凡均看。
首先平体康熙在，食三餐，坐行眠健。

古书闲读，词诗吟作，墨临行翰。[①]

念旧迹顽痕始漫。体不复从前，数诊医院。
世上尘寰渐薄，自心为冠。
新轮伊始从头起，保身宁、荆庭扶伴。
不添子负，不添公担，学而忘倦。

2015 年 12 月 18 日

沁园春·忆昨（新韵）

商海逐波，苦乐相间，逸累共韶。
借东风急荡，千舟竞棹；夕阳西下，百舸息桡。
忽地飚急，倏然涛涌，各路潮儿逐浪高。
风云起，看四方八面，尽是英豪。

渔台我也持篙。观鱼向、帏中冷眼瞧。
眺前途岖坦，驭风避险；天时利弊，遇的投标。
万丈豪情，十分斗志，把酒凌风唱凯谣。
已往矣，阅青春后辈，逐个争尧。

2015 年 12 月 30 日

① 今年拙作共 250 首，比往年多。

桂枝香·贺年

羲娥轮目。又岁逝如飞，诚然安宿。
各业繁荣裕盛，竞争持酷。
民安国泰和相伴，政途平、物产丰笃。
食能粮蓄，衣能服暖，感能怀福。

忆旧岁虽余不足。但发展前途，必将承续。
华厦巍峨壮丽，顶天和族。
新年恭祝民身富，国身强、如日东旭；
至亲挚友，体康财旺，业兴家睦。

2015 年 12 月 31 日

水调歌头·老为兼答诗友

彩色夕阳俏，秋水也斑斓。
漫天红叶，绚烂深处最相看。
曲径通幽独步，绝顶会当凭眺，纵目在人寰。
惯看春秋月，心静老时天。

风雷寂，耳根静，酒阑珊。
权当年少，重历翰墨再游顽。
自拜先贤杜李，自律唐宫宋苑，锦织不曾编。[①]
百岁光阴短，劲舞在人间。

2016 年 3 月 13 日于病中，半阕于家半阕于院等诊时

---

① 诗友词中有“锦织回文”，故借此典故作响应；意像“织锦回文”这样的回文诗还不曾作过。

行香子·怀梦

梦伴人生，老少皆持。
少怀萦、父母扶基。
青行于立，鹏展云思。
搏眼无你，心无我，勇无知。

风霜磨炼，迁途增识，智占先、万事寻规。
颜和动拙，语寡神师。
至身初衰，龄初老，梦初归。

2016 年 7 月 8 日

沁园春·心境

日近虞渊，色染群山，声噪林端。
望青峰兀立，潭湖倒影；帆樯远去，霞鹜齐天。
牧笛横持，炊烟直袅，风拂田原稻谷翩。
胜如画，又车龙马水，衢闹人欢。

天堂恰在人间。丰衣食、黎谐社稳安。
纵余蝇未去，秋虫尚在；寒霜时扰，风雨频旋。
然势犹堪，且情如故，万紫千红皆世颜。
享庭爱，更翁和妪睦，小辈馨环。

2016 年 10 月 6 日

采桑子·重阳

长天久久人生短，几度重阳？
今又重阳，步履匆匆早晚装。

蹉跎岁月终无悔，曾历辉煌。
想再辉煌？试看新人竞上苍。

2016年10月9日

满江红·晚渡

学海无涯，飞棹处、茫茫水阔。
身侧傍、万帆驰立，越前尺缺。
四面英儿挥逆水，八方能手争豪杰。
莫懈怠、鹤发比韶年，舟行切。

晚风劲，霞似血；波浪滚，痕如雪。
屹船头放目、气虹犹烈。
桨状羊毫憨劲舞，海呈水墨痴情泼。
志凌云、莫负夕阳红，群峰悦。

2016年10月29日晚依岳飞“满江红·怒发冲冠”格而作。若改“晚”为“曛”即正格。

水调歌头·老时

韶日何时有？耆后识华年。
无拘无束、随性平昔几曾看。
大把辰光凭漉，大好河山任足，衣食不愁源。
更舞影相对，偶伴赛神仙。

光阴转，催人老，兴冲天。
不应空耗、匆遽岁月竟亏圆。
人悚昏昏无事，物悸残残闲置，朽木也瑶烟。
老骥伏槽枥，千里再金鞍。

2016 年 12 月 15 日

水调歌头·昔少时

岁月赛流水，懵懂少年时。
不知天阔地窄，亲护累心池。
弄剑持枪飞弹，爬树浮河捉燕，百事戏思奇。
转眼学龄到，校馆觅猴皮。

天灾害，人浮祸，内脏饥。
麸糠野菜根蕨，有食即肴滋。
万幸黉门未息，学习逐年第一，自奋报双慈。
贫困虽相伴，未负少年时。

2016 年 12 月 16 日

水调歌头·昔青时

风茂那时有，意气是当年。
直冲横撞尘境、何惧路遥旋。
我欲乘风霄去，怕甚星寒月怒，公是最为先。
舞袖问长短，青涩构时天。

历华岁，经曲事，阅人寰。
世间各味、排次尝过助心田。
棱角斫磨凭砺，锐气轻云除滞，积慧暗生圆。
种得青春豆，收获后来欢。

2016 年 12 月 17 日

水调歌头·昔壮时

生活慧心智，习历富资泉。
步经成败赢失、不惑渐常颜。
极目能看深宇，俯首堪思远处，身济善逢源。
遇怒可含笑，伸屈自回旋。

阅时事，筹策对，乘机缘。
但凡俗事、权变随应任翩然。
工务商途谋识，社故人情持弃，匠手复云寰。
曩种粗藜粟，收获正辰天。

2016 年 12 月 19 日

水调歌头·人生

百岁人生少，短短几旬秋。
双亲心上明珠，年少不知愁。
争竞校门即起，搏力终身不止，人类惯相仇。
修性善行举，矛盾素交酬。

名和利，得与失，论无休。
家长社短国是，重负鞴孺牛。
走过千山万水，阅尽沧桑陵谷，已是老苍头。
笑历尘寰事，皱面颤悠悠。

2016 年 12 月 20 日

水调歌头·老否

天老老无影，人老老于心。
怡然悠步、斗换杓转又新临。
日月横移如故，老朽童心依旧，只是淡尘音。
体滞精神在，耳顺惜光阴。

厚蔬果，淡茶饮，食居歆。
嚼书两本、悬腕着墨意涔涔。
四百诗词扣律，边写边忘不记，权当日哦吟。①
旧岁将过去，新岁再瑶琴。

2016 年 12 月 27 日

① 今年诗词约 430 首，超前两年总和。

卜算子·旧岁

一段旧光阴，两点凡尘迹。
三顿淘饥乐肚皮，四季星辰历。

五子已登科，六合平安及。
七彩人生八面风，九九丰衣食。[①]

2016年12月30日

喝火令·暮晖

日暮容柔色，人耆悦厚声，
往时豪气渐烟轻。
情感满怀缠绕，堪比晚秋藤。

昔若三更梦，时如五晓星，
晚来闲志却重生。
腹渴书敦，腹渴墨池泓，腹渴律环诗伴，
不负暮晖清。

2017年元月24日晚填正格

① “五子”，时髦语。“六合”，指天地四方。“九”，形容词等于久。

喝火令·过年

竹静辞猴去，桃喧迎凤来，①
旧年新岁气和谐。
鸿运顶头时伴，随手发宏财。

举箸高声请，持杯吉语偕，②
阖家盈福乐圆台。
喜庆良宵，喜庆事称怀，喜庆国安家泰，
守夜等春开。

2017 年元月 27 日，年三十填正格

喝火令·老伴生辰

献岁呈祥瑞，交春度诞辰，
益龄增寿两菲芬。
芳泽又添新秀，胝手补劳纹。

把酒同声贺，云情众口尊，
善良勤朴旺家门。
岁岁今同，岁岁貌如春，岁岁福如东海，
寿与鹤龟邻。

2017 年 2 月 3 日贺老伴六十三岁初度填正格

---

① 古人节庆烧竹爆声，故曰“爆竹”。如今大城市如上海市区已禁止放爆竹了，这习俗可能慢慢地就失传了。“桃”，桃符，现是春联。

② 箸，筷子。

喝火令·飞鸿

儿今去高校正式上班。也记十几年来第一次跟我们在一起过春节且在一起待了十几天。

赤雁凌宵汉，娇鸣响耳旁，[①]
送行穷目喜还伤。
今始坦途迁道，全靠自翱翔。

祝福心中出，怀忧腹底藏，
望伊风顺展宏章。
更上层楼，更上亘宁康，更上小家融乐，
共创事辉煌！

2017 年 2 月 9 日

水龙吟·退休暨回国四周年记

四年前的今晨，我和老伴从国外回到上海，开始了退休生活。先种花养草打球拉琴，后看书习字作赋吟诗等，据身体状况，逐步变化。老伴每天当“马大嫂”（买、汰、烧），很辛苦。散步是每天必不可少的，五、六千步。旅游少了点，欲增加。总之，以身体兴趣为要。清心寡欲，颐养天年。

星明月暗霞红，温凉寒暑时轮骤。
流年澜谧，心平如水，初春依旧。

---

① 赤雁，古为瑞鸟。

日馔咸宜，夜眠更足，步昏无漏。
顾腰椎宿损，盆花速减，球早歇，琴弦锈。

耆后诗词初究。乐其中、竟难休手。
风花雪月，素闻逸事，韵成人瘦。
昔事多馨，缘浓缘薄，已藏霄九。
再多情、笔下亲朋故挚，内心持守。

2017 年 2 月 14 日

忆秦娥·职场烈（二首）

一

职场烈，知天识地和人斡。
和人斡，人心难得，利名如血。

人生短暂春秋月，仇朋共舞襟怀阔。
襟怀阔，西阳晚照，皓髯通澈。

2017 年 3 月 10 日

二

硝烟匿，明争暗斗涡旋急。
涡旋急，沉浮有度，中流飞楫。

源逢左右持诚立，情通上下和颜织。
和颜织，卧薪尝胆，弓捷鸣镝。

2017 年 3 月 11 日

玉楼春·挫对

风云突变人难料，千密无疏然碰巧。
楚河汉界本神筹，无奈乡风吹士倒。

山穷水尽疑途渺，却又峰回机遇到。
高杯当忆挫诎时，胜败长歌均虎啸。

2017年3月27日

玉楼春·步春

小楼庭院花虽娆，怎及村郊溪水绕。
阳春三月色斓斑，泥土也香何况草。

文人自古伤春少，带雨梨花多自恼。
劲抬蹣步踏青塍，再负春光天也老。

2017年3月28日

醉花阴·读古

暮岁童心钻故纸，忘却春华洗。
窗外落英飞，室内书翻，相映无言替。

句间字里藏魔魅，珍异兼奇萃。
醉读食眠迟，细酌心喧，忘却银丝累。

2017年3月29日

醉花阴·今时

不羡神仙不羡贵，欲寡随心兑。
社会半超离，世事闲看，外色无须尾。

早眠晏起餐三簋，腹浅寻书柜。[①]
翁妪总相环，家事帮参，携手修人瑞。

2017 年 3 月 30 日

醉花阴·曩时

七品乌纱朝帽小，却惯长天啸。
废寝种朱桑，疏事椿萱，痴性封心窍。

济公也得衡工巧，仅不阿无造。
善左右逢源，上下颐和，众合功圆笑。

2017 年 3 月 31 日

鹊桥仙·春困

暖阳斜照，云容薄饰，气蕴风宁霭障。
春光无限吐氤氲，更添看、莺歌燕唱。

---

① “簋”，远古盛食器。此借用。

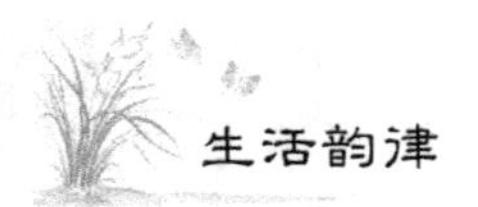

时时尽好，朝朝正俏，然也肢疲眼胀。
垂头蔫脑困虫催，不如就、梦酣且躺。

2017 年 4 月 2 日

鹊桥仙·清明祭

山荒径野，花疏草茂，曲路蜿蜒幽地。
仙魂息处祭清明，忆先辈、无声泪涕。

纸钱几迭，冥花数束，顿作青烟飘逝。
炮声延伴叩头虔，暗祷谢、先恩祖庇。

2017 年 4 月 4 日，清明节于乡下

鹊桥仙·律功

文差题切，字不意合，满眼缤纷丽语。[①]
挥毫泼纸冀垂青，却屈了、千年贤古。

刳肝换纸，刮肠易墨，沥血呕心难吐。
笔凝再三落还迟，盖唯恐、误人几许。

2017 年 4 月 7 日

---

① “不”在仄声前或可平声。见唐代祖咏五律“江南旅情”中“楚山不可及，归路但萧条”、李白五绝“友人赠乌纱帽”中“山人不照镜，稚子道相宜”等句。本想改“不”为“差”，初用且留以究。

踏莎行·豁观

谁会无忧，谁能无恼，谁能总把逍遥抱。
寒宫冷月寂嫦娥，神仙犹苦知多少。

峻岭层峰，平途隘要，人间遍有风光妙。
通幽曲径似人生，抑扬顿挫长歌笑。

2017年4月22日

踏莎行·黄昏颂

已近黄昏，昔阳吐哺，斑斓色彩云霞渡。
长天秋水共雍颜，孤峰老树相倾慕。

暮色犹看，斜晖如诉，情怀晚好尤增趣。
学无止境惜时余，桑榆未晚求还予。

2017年4月24日

江城子·莫抱怨

平民立世捷行无。路崎岖，影形孤。
千里单骑，跃马靠驰躯。
沐雨栉风晨夕境，从不歇，奋于途。

百回千转是蓝图。胜无舒，败无沮。

抖擞行囊，步键戾邪除。
养性修身胸气豁，常自砺，胜观渔。[①]

2017 年 5 月 9 日

江城子・惜身

人生性喜博春秋。左拼楼，右争侯。
俗念凡心，多少五更愁。
两袖尘风身已老，颜鬓白，可功酬？

年阶知命乐清休。偶回头，戏闲修。
怡享天年，方觉体难勾。
往事如烟毋妄论，人在世，寿先求。

2017 年 5 月 11 日

忆秦娥・忆母

披星月，唯求子女身心悦。
身心悦，已虽肩弱，却挑天阔。

长年累月从毋歇，慈怀未尽身先竭。
身先竭，报恩儿晚，梦常悲咽。

2017 年 5 月 14 日，母亲节

---

① 观渔，语出《左传・隐公五年》。此指看别人捕鱼。

醉花阴·母亲节快件

耳静忽闻铃倏急，妻应开门惑。
原是递哥临，送货登门，签后知京及。

却原母节逢今日，儿妇遥难侧。
空降补阿胶，孝表其中，顿叫妻心蜜。

2017 年 5 月 14 日母亲节

长相思·岁月

山悠悠，水悠悠，横竖江山过小舟。江河总海流。
恨幽幽，情幽幽，日月交驰怜旧楼。逸魂归晚秋。

长相思·晚渡

篙悠悠，楫悠悠，津渡瓜洲古迹眸。坊间故事酬。
步轻柔，声轻柔，远眺江心云火收。听翁舟放喉。

2017 年 6 月 1 日

五绝·题引

社会无完美，心安必自芳。
去邪扬正气，天地尽韶光。

2017 年 7 月 24 日

五绝·网言

如今网络言，真假共交喧。
凡眼看不透，权当解闷源。

2014 年 11 月 3 日

五绝·党庆

党庆谈宗旨，心装百姓天。
讴歌知短处，执政与民权。

2015 年 6 月 29 日

五绝·权

在位权容酷，当怀众素情。
务真勤正事，弄假妄官名。

2015 年 7 月 4 日

五绝·民调

民间藏俊士，官阁有能人。
腹拥文充栋，言淳听者亲。

2015 年 7 月 9 日

五绝·看天安门阅兵直播

方阵凝民愿，彰兵励国心。
中华儿女志，定立世巅林。

2015 年 9 月 3 日

五绝·悼季海生先生[①]

人死两分钟，往生何迫匆。
亲朋同悼念，追忆作康翁。

2015 年 9 月 30 日下午

五绝·南翔小笼（新韵）

玲珑薄面透，褶旋舞婆娑。
味美汁浓口，名闻诱老嘬。

2015 年 10 月 3 日在豫园南翔店午餐时作

① 季海生，原中远控股（新加坡）公司总裁，终年 63 岁。

五绝·谢医

妙手揉筋骨，伤腰去痛区。
岐黄仁施爱，济世术悬壶。

2015 年 3 月 19 日

五绝·诗瑕（新韵）

诗词平仄重，对仗律才生。
信手标七五，今章乱古名。[①]

2015 年 11 月 27 日戏侃律诗不斟平仄对仗

五绝·夕阳放歌

浦东联洋社区组织各居委老年合唱队会演。本小区合唱队最长者 85 周岁。

黄发歌生活，年稀唱国隆。[②]
谁吟阳晚照，且看舞台红。

2016 年元月 20 日

---

① 指七律、五律。

② “黄发”指老人，见“黄发垂髫”。

五绝・酒辞

泰后三羊隐，猴前五福来。
含情斟旧岁，把盏品新醅。

2016 年 2 月 5 日在退休同志辞旧迎新酒会上的兴语

五绝・狂生

天庭无大帝，地上有狂人。
若要童生顾，还须曲阜巾。

2016 年 10 月 30 日

五绝・某酒

昕庭醺玉醑，源自黑沟泉。
洞演千年饮，橱藏一品仙。

2016 年 12 月 9 日

五绝・字之妙

汉字无穷意，馨声妙手斟。
空灵奇组合，仙境顿临心。

2017 年 2 月 16 日

五绝·贺胖九试飞（新韵）

巨燕凌霄去，功成落地还。
航空科技秀，国力可窥勘。

2017 年 5 月 5 日晚

五绝·贺我国成功开采海底可燃冰

海底可燃冰，龙宫久屈丞。
神针今领出，面世显奇能。

2017 年 5 月 18 日看央视新闻后赋

七绝·新年联欢（新韵）

自编自演尽蹁跹，群乐群娱庆大年。
居委为民谋好事，庶黎安享世桃园。

2015 年月 1 月 10 日

七绝·商杰

航商已历五寒冬，仍有精英稳笑容。
但愿羊年开运泰，重新煮酒论青锋。

2015 年 1 月 21 日

七绝·候诊

地广人兴物不多，就医看病奈其何。
当天挂号过三百，预约须前一月痾。

七绝·偶想

政府大楼云际起，几家邦外阁天摩？
诚希政要怜民意，钱用黎生百姓歌。

2015 年 3 月 27 日，就医所想

七绝·炒股（新韵）

全民炒股闹纷纷，政策魔功欲断魂。
借问今跌明可涨？神仙笑指造钱村。

2015 年 7 月 16 日

七绝·新人

长江后浪推前浪，世上新人胜旧人。
铁打兵营流水将，山河代有智良臣。[①]

2015 年 8 月 17 日

① “山河”意等“江山”，见杜甫“秦城楼阁烟花里，汉主山河锦绣中。”

七绝·医况（新韵）

平时何处最人萌，医院高门等号厅。
排队半天轮到你，两分钟后请君行。

2015 年 8 月 26 日

七绝·贺国庆

共和国庆六旬六，我在其怀晚两年。
社泰民安咱也幸，愿伊强盛史无前。

2015 年 10 月 1 日

七绝·医院攀登

登高本是庆重阳，无奈医梯也患忙。
百步阶台通诊处，十楼护后再回廊。

2015 年 10 月 20 日，重阳节前一天看牙医时作

七绝·赞诗“爆玉米花”（新韵）

生活小事进诗章，字妙文幽润古腔。
优美心情出胜境，茶甘水冽句尤香。

2015 年 11 月 9 日读博友七律“爆玉米花”留言

七绝·贺中远海运集团成立

枯水承帆巨舰航，普天同庆话沧桑。
方舟共渡书长史，大海腾歌望伟章。

2016 年 2 月 18 日

七绝·揽客

家旁一高级酒店邀我和太太参加他们的免费晚餐。生平第一次，故记。

免费提供自助餐，店家揽客怪招艰。
饱搓一顿回声谢，消食三圈念后还。

2016 年 2 月 19 日夜

七绝·贺友仇鑫尧先生光荣退休

身怀高技战南韩，奉国持家两顾欢。
花甲年华迟半岁，幡然顿作火夫官。

2016 年 4 月 16 日

七绝·芒种

淫雨如梅麦熟前，节临芒种苦农煎。
祈天且喜今晴日，赶快挥镰夜不眠。

2016 年 6 月 5 日，芒种

七绝 · 航博馆

郑和挥楫下西洋，舟海云帆映夕煌。
今日巨轮穷货运，莫言科技太疯狂。

2016 年 10 月 19 日观中国航海博物馆随吟

七绝 · 迪士尼园门前

迪士尼前遇雨扬，急忙摊店找遮装。
一张塑布游人退，难怪园门雀可床。

2016 年 10 月 19 日感上海迪士尼门前货贵

七绝 · 天舟

浮槎霄汉说千年，神话奇谈古梦篇。
科技魔功虚变实，天舟运货太空翩。

2017 年 4 月 28 日

七绝 · 无题

无知无畏素相连，空腹空肠竟傲天。
薄面三分超世俗，即逢佛祖也难仙。

2017 年 5 月 4 日

七绝·壮士

弹痕满目诉无声，破壁如咽铁证横。
日寇罪行留迹处，华魂壮士尽忠贞。

2017 年 5 月 23 日瞻四行仓库抗日纪念馆随吟

五律·APEC 会外感（新韵）

亚太经合会，京开世愕详。
皇都腾道阔，畿辅令空长。
华厦穷躬客，邻邦富应唐。[①]
和赢国梦现，环宇共流觞。

2014 年 11 月 10 日晚看电视新闻而赋

五律·博客

博客园林地，初耕韵律苗。
笔疏文会友，墨淡字招尧。
网内存知己，屏端点赋韶。
遐龄寻自乐，黄发共垂髫。

2015 年 10 月 25 日

① “穷”，极也。“富”，满也。

五律·功夫

咏春拳了得，中国好功夫。
传统承先道，科工展后途。
夷邦前进急，华汉奋飞劬。
厦内无墙阋，同勾盛世图。

2015 年 11 月 18 日下午看《叶问》后押

五律·小雪叹

南方未下雪，但逢廿四节令中“小雪”，故凑趣。

雪片招人爱，谁知霁后寒。
富家烹酒乐，穷户度工难。
诗宠山水处，农钟田地端。[①]
长空原一色，同调不同叹。

2015 年 11 月 22 日

五律·品诗（新韵）

藻词诚可爱，璞语更心溶。
绘景出神化，抒情入味浓。
材凡皆墨玉，料陋尽诗宗。
韵律严平仄，茅庐也卧龙。

2015 年 11 月 24 日读博有感

---

① 出句拗，对句救。

五排·律诗基规五韵

句联平仄对，邻二字相黏。
楹仗苛词性，长排讲律严。
不同新与旧，异变拗跟砭。[①]
首尾无须偶，骈中定互钳。
三重声禁末，诗正可凭瞻。

2015年11月29日夜十点

五律·读屠呦呦获奖致辞有感

贱物青蒿草，平凡野地花。
葛公方遗宝，屠氏素成家。
浩瀚中医库，卑微植蕨葭。
悬壶人济世，光复病无邪。

2015年12月12日傍晚

五律·写在国家公祭日

历史不能忘，强今更首当。
振兴黎作本，图盛法治纲。
自立农工业，更生教技行。
军民团结紧，众筑族铜墙。

2015年12月13日，国家公祭日挥就

① “砭”，名词，意治病。此指救平仄。

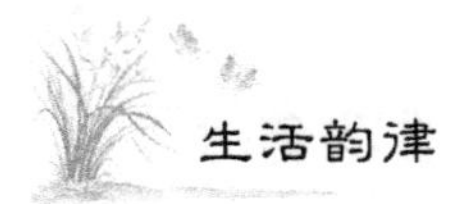

五律·爱

善本人初性，持真育要争。
社情铜若满，民仰色将更。
互信多柔意，相尊少戾声。
中华传统继，礼爱共繁荣。

2015 年 12 月 20 日夜

五律·仁（新韵）

心魔易隐尘，常警免伤人。
宽厚凝福气，吃亏远祸根。
受欺颜带笑，遇辱度齐绅。
立世仁为本，怀德众广尊。

2015 年 12 月 21 日

五律·义

四维张国盛，八德促家隆。[①]
结拜桃园古，摔琴汉水蒙。
中华倡义节，赤县导诚风。
我辈承先美，光扬正气虹。

2015 年 12 月 22 日

① 礼义廉耻，国之四维。

五律·礼

敬人人必敬，崇礼礼流行。
举止千钧稳。颜开五分盈。
谦谦君子相，逊逊雅儒英。
社会皆如是，和风遍地生。

2015 年 12 月 23 日

五律·智

禾熟首低垂，贤隆德广持。
愚人盈目浅，智者处身宜。
慧在书中积，才于践里知。
学而明不足，遇事理先为。

2015 年 12 月 24 日

五律·信

无诚君不立，少信稷多灾。
童叟商规语，官身父母台。①
孰知人欲事，应悉誉生财。
拐骗坑蒙伎，终归化垢埃。

2015 年 12 月 25 日

① 生意语“童叟无欺”。
旧称官为老父母、老父台等。

五律·小区新年联欢会

翩跹花甲女，喉放叟龄男。
太极拳迤水，瑶琴指舞岚。
高歌生活美，共唱国途酣。
万众齐拼搏，腾飞驾骏骖。

2016年元月9日下午

五律·嗓门（新韵）

国人本热情，又具好喉声。
张口轰天响，开怀撼岳轻。
相隔三尺远，互语两旁惊。
族粹长千岁，权当练气勍。

2016年元月12日感国人嗓亮

五律·商信

商诚招远客，信寡店流稀。
弄巧悠宾走，投机促业微。
急功成事少，缓利育根肥。
修内供高服，情浓去户归。

2016年2月19日感国内商家的一些作法

五律·返城

车站又喧盈，民工正返城，
高堂门倚望，妻小泪澄莹。
三步回头眺，千程挂念行。
蓝装身已合，只盼好营生。

2016 年 2 月 24 日

五律·庆妇节

妇本半边天，今情却胜前。
纵身驰社会，巧手织坤乾。
处事凭千慧，持家赛万钱。
性柔男少比，越老越婵娟。

2016 年 3 月 8 日

五律·红色

徽泾濡特色，绿白带灰红。①
革命基根地，承传节义忠。
四军铭史记，万难贯长虹。②
兄弟毋墙阋，家和世立雄。

2016 年 6 月 15 日参观新四军纪念馆等记

---

① 泾县着力打造旅游四色：红，革命根据地；绿，植被；灰，徽式建筑；白，宣纸。

② 指皖南事变。“难”读四声。

五律·七一颂

九五春秋短，辉煌史记长。
八年驱日寇，四载蒋家亡。
立国江山坐，兴民改革倡。
党群融一体，正本梦圆唐。

2016 年 7 月 1 日

五律·某种诗境

白天花影下，夤夜月宫中。
平仄差相配，楹联短火工。
词生追怪意，字熟扣题蒙。
人赞虽充耳，心清晓腹空。

2016 年 8 月 20 日

五律·G20 外

杭州峰会毕，华夏显英姿。
万里穹苍碧，千条道畅驰。
三天元首共，五项决心持。
起舞西湖水，平民渴眼期。

2016 年 9 月 6 日

五律·安魂曲（新韵）

——罗伯特 路伊斯 斯蒂文森

读博一英诗，按意律译之，倏兴焉。

广宇繁星下，掘埋久睡身。
幸生还幸死，荣躺也荣箴。
卿镂存吾志，余遗渴此根。
海员归大海，猎户返丛林。

2016 年 9 月 19 日

附英诗原文：

Requiem By Robert Louis Stevenson

UNDER the wide and starry sky Dig the grave and let me lie:
Glad did I live and gladly die, And I laid me down with a will.
This be the verse you ‘grave for me: Here he lies where he long’d be;
Home is the sailor, home from (the) sea, And the hunter home from the hill.

五律·国庆

高照秋阳丽，低吟桂菊香。
江山千里碧，社稷万年长。

华夏曾多患，共和方少强。①
伟人更代出，庶冀福宁乡。

2016 年 10 月 1 日

五律·贺神舟十一号成功着陆

人住太空中，千年梦已功。
卅天巡玉宇，两杰伴寒宫。
娥送悲邻短，吴恭敬族雄。
飞槎挥手别，站里步相通。②

2016 年 11 月 18 日写于我国带人飞船着陆时

五律·那时（新韵）

古人“黎明即起，洒扫庭除”。“那时”我们是有过之而无不及：“那时”菜场只有早市，过点不候；“那时”上班，交通工具只有双腿、双轮、公交车，在上海，路上换一、两部车是正常现象；“那时”上班不能迟到，但班中还是较轻松的。“那时”小两口带个小孩过日子，凡事得自己动手，但幸福感还是足足的。

未追黎明起，提篮菜场淘。

---

① “少”，读第四声；只是字面上跟出句“多”借对。另因专用名词“共和”的关系，本句拗自救。

② 站，空间站；里，故里。

胡扒一泡饭，拼挤两公交。
准抵上班处，慢开工作包。[1]
八时完毕后，急赶再家挑。

2016年11月27日

五律·这时

旭日红三丈，慵身赖雅床。
拙荆餐备妥，饱腹墨萦傍。
抬眼浮云过，低头世事忘。
恬年时静宓，偶兴捉壶觞。

2016年11月28日

五律·那时（续）（新韵）

儿绷娘背上，母踏脚车行。
单位援托所，阿姨料小婴。
工间亲喂乳，班后俩回程。
风雨无隔阻，阖家早晚雍。

2016年11月29日

① 拗句；“工”救“慢”、“上”两字。

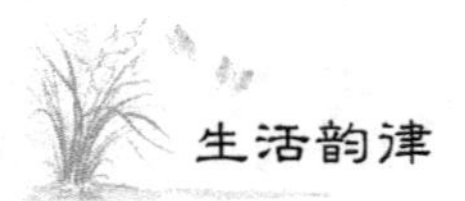

五律·这时（续）

双娇生贵子，四老捧虬龙。
金裹忧钱少，文雕怕艺庸。
教胎花样广，授幼课时丰。
吃喝屙撒睡，遵书祖辈恭。

2016 年 11 月 30 日

五律·那时（再续）

单位造公房，员工颈曳长。
名登红纸榜，心胜状元郎。
进驻钥三把，装修夜半央。
自行雕斗室，都市拥天堂。

2016 年 12 月 1 日

五律·这时（再续）

高楼霄汉望，房价竞天狂。
俩小期婚所，双亲罄本囊。
银行肩上压，奴号额前扬。
工饰姗姗峻，窝心杂味汤。

2016 年 12 月 2 日

五律·变迁（新韵）

历史螺旋走，今时速境迁。
人生期美好，社会益平安。
晴雨天行事，规则自悟篇。
东风如有意，借箭上云端。

2016 年 12 月 3 日

五律·祝福（新韵）

老同志聚会迎新。席者皆花甲古稀之人，然个个红光满面精神熠烁。贺也。

苍发红彤面，腰柔步健风。
欢声抒阔意，笑语范顽童。
昔日挥疆海，今朝舞趣虹。
把杯辞旧岁，晡色衬云鸿。

2017 年元月 10 日

五律·礼博

文藏深浅意，字有易难声。
临庙当如佛，登山得识荆。
礼人犹礼己，留语即留行。
唐突垂高作，修为火候轻。

2017 年元月 17 日感某些人入博兀突题诗

五律·言矛行盾（新韵译诗）

君说君爱雨，雨至伞撑开。
又道欣乌焰，俄临企庇台。
好风尊口许，关牖巽姨来。
缘此奴心怕，当言配凤钗。

2017年元月22日

附原诗：

You say that you love rain,
but you open your umbrella when it rains.
You say that you love the sun,
but you find a shadow spot when the sun shines.
You say that you love the wind,
but you close your windows when wind blows.
This is why I am afraid, you say that you love me too.

五律·丽诗

连珠喷妙语，艳丽藻词华。
字意离题远，诗魂逆境斜。
云中观蜃景，雾里望昙花。
杂烩干锅煮，多尝味却差。

2017年元月23日

五律·年过

酒食穿肠速，亲朋聚散遑。
千年传统袭，数日尽情狂。
舌卷还余味，身躬又负囊。
寸旬欢固短，人本识圆方。①

2017 年 2 月 12 日

五律·情世（新韵）

华夏厚人情，承今味却更。
规则出口重，信誉入心轻。
契本黑白纸，行堪赤壁雄。②
浑然天马理，何日系西绳。③

2017 年 2 月 15 日

五律·广德

物有阴阳面，人含善恶心。
倡私魔鬼出，纵性劣根淫。
社若唯金举，民将乏品沉。
五行相克作，广德导谐音。

2017 年 5 月 17 日

---

① 语出《淮南子·本经训》："戴圆履方，抱表怀绳。"

② "壁"，"碧"，偕音对。"赤壁雄"，争斗也。

③ "西绳"，西方发达国家人们日常行为之准绳，即契约精神。

七律·乡馆（新韵）

若问申郊可有钱，不妨地质馆中穿。
内藏物宝难清数，外显文珍易赏观。
伟世奇人出土室，天堂怪种隐民间。
城拙乡井穷凡眼，撼识村沟野路仙。

2014 年 6 月 13 日参观沪郊私人地质馆随赋

七律·船庆（新韵）

受邀参加朋友公司在江阴船厂接船仪式。

秋浓云淡地斑黄，山色湖光水致祥。
碧浪低吟新宝润，清风妙舞古澄江。①
轻舟出海财源茂。重载跨洋富路长。
航倡双赢诚信伴，中德有范俩民商。②

2014 年 10 月 23 日

七律·儒林外史读感（新韵）

王冕勤学堪可赞，范翁考举也哀怜。
追名逐利人间事，霸女欺男仕帽仙。
济世文章何太少，蠹民雅士却弗鲜。
儒林外史虽说古，但愿今豪尽圣贤。

2015 年 4 月 15 日于瑞金医院住院时

---

① “宝润”，船名。“江阴”古称“澄江”。

② “中德有范”，悉该轮租给一德国船公司营运。

七律·博客（新韵）

半亩博园自在耕，神思遐想与天横。
笔拙勤耒希佳作，手笨功雕望玉莹。
广种梧桐招凤舞，诚禅仙谷引麟鸣。
从没谋面君风识，锦绣文章让士名。

2015 年 10 月 25 日，开博后抒感

七律·网音（下平十一尤）

网络传声律素尤，东西南北各弦牛。
这厢刚述中华好，那面轮哼老美优。
汝笑今生多惬意，彼怨日子太凄愁。
人弹人调君贤判，不弄文非我自悠。

2015 年 11 月 7 日

七律·咸平（下平十五咸）

政顺人和万象咸，各行各业竞千帆。①
励精图治谋宏展，反腐倡廉达共监。
内与外交存异是，文功武备不同凡。
太平世界翁心逸，舞笔吟章颂圣镵。②

2015 年 11 月 8 日

① 咸，协和也。

② 镵，古之圣品。见王力著《诗词格律》中的“诗韵举要”。

七律·衣

重缎轻裘贵族裳，粗纱细布小民装。
华衣艳色遮芳体，常服平颜裹俏郎。
骏马金鞍诚合配，洁身净面更谐彰。
棉丝三尺虽凡事，但愿人间绝裸荒。

2015 年 12 月 7 日晚

七律·食

玉食琼浆皇帝胃，粗茶淡饭小民粮。
佳肴美口诚心爱，素菜宜身更体康。
讲究馔交华厦俗，尊崇礼尚汉人章。
今虽酒店车流水，还是家餐最睦肠。

2015 年 12 月 7 日晚

七律·住

千古难题住有房，至今仍是棘文章。
僧多粥少巴心望，供弱求强酷价扬。
富户群楼连别墅，穷家几代共泥墙。
人生飘泊归途处，得歇安窝一暖床。

2015 年 12 月 8 日晚

七律·行

人逢春节倍思亲，无奈归途票费神。
高速车行爬蜿步，站台潮涌挤鳅身。
平常路阔交通畅，偶尔蛐蜒等候辛。
宅叟出门时本少，宁乘地铁易周巡。

2015 年 12 月 8 日晚

七律·学

六岁孩童几重包？背驮三代望前摇。
课堂共读书何够，校外私教量倍超。
骄子洞天然别景，俊才学府却逍遥。
更看神座文豪像，大腹横装赵帅谣。

2015 年 12 月 9 日

七律·政

自古侯门深似海，唯咱共产党群融。
公衙开在乡村里，官吏溶和百姓中。
唤起农工同创世，砸除旧体合称东。
江山今坐当思史，用政于民保社隆。

2015 年 12 月 15 日晚

七律·闲话一

官不亲民富不仁，仇官仇富出怨民。
须知天下苍生等，岂可凌空座上宾。
俯首当牛人敬重，抬头引路众怜辛。
谋财谋事谋名第，公正公明奉己身。

2015 年 12 月 17 日下午

七律·闲话二

社会终归要守衡，犹如分合律弦鸣。
物行两极天将报，人走无端地不平。
历史奔腾谁可挡，星球运转各相营。
且看今日民心向，扫虎除蝇庶仆宁。

2015 年 12 月 17 日晚

七律·同乡

一方水养一方灵，子在他乡恋故情。
身博天涯由己少，萍漂海角任缘行。
重逢之日人皆老，再聚来朝路或更。
把酒三杯欢乐颂，低吟浅唱尽徽声。

2016 年元月 10 日记退休同乡聚会

七律·共渡（新韵）

李克麟先生曾任“上远”公司总经理15年，后升任集团副总裁、中海集团总裁，已退休多年，但对“上远”仍情有独钟。这是在他邀请原“上远”退休领导和航运部退休老同事的迎春午宴上应邀兴作。

人生漫道竞荣昌，唯有豪杰驭海洋。
曾舞狂风书伟句，也牵巨浪写华章。
同舟共济齐宏业，鸿雁纷飞复聚堂。①
问鼎三杯春又是，苍松向晚沐斜阳。

2016年元月18日

七律·归程

昨看新闻，春运开始。因雨雪，南方有城市万客滞站。

人类迁移赤县年，谋生在外盼团圆。
归心似箭登程去，健步如飞滞站前。
眼望凝花纷乱坠，怀悬野鹿阵焦颠。
急祈滕六消新迹，助我平川快马鞭。②

2016年2月3日

---

① “宏”，动词性，扩大、光大意。

② 滕六，雪神。

七律·山村春节

平时鸡犬相闻远，忽地人喧轿马鸣。
子返柴扉融父母，夫回高院乐妻婴。
对联守户红盈屋，爆竹冲天喜放声。
浓味山村旬几日，复归老幼护庄牲。

2016 年 2 月 10 日感族侄过年发来的乡照

七律·申城春节

今年上海规定外环线以内禁放烟花炮仗。文明清净地过了个安详的春节。

往夕过年炮震天，烟花绚丽伴无眠。
今朝春节阳莹地，耳目恬澜听曲弦。
街阔人疏衢肆美，气清风朗物华鲜。
身安神定祁元福，新岁文滔写瑞篇。

2016 年 2 月 12 日

七律·网络赞（新韵）

无形网络架天桥，翁在屏前纵迩遥。
指上传书千里远，盘中发话万人聊。

胸藏锦绣铺环宇，腹润华章奏乐高。[①]
文字神游虚幻界，仙家羡我欲凡交。

2016 年 2 月 25 日

七律·诗翁

鸿雁传书品几回，稀年鹤发隐奇才。
腹藏锦绣文滔出，笔落华章手信来。
善舞唐风挥旧韵，惯吟宋曲赋新材。
鲲鹏展翅三千里，纵目蟾宫尽桂栽。

2016 年 2 月 29 日谢从未谋面的沪上郑姓老先生玉评

七律·贺西安中华诗词交流笔会

古都新貌越千年，旧律门头汲脉泉。
秦汉隋唐留史迹，仙魔杰圣剩遗篇。[②]
人文山水藏奇秀，墓志碑林刻艺骈。
宝地诗家书盛会，传承平仄乐无前。

2016 年 5 月 2 日

① 此联含交叉对。

② 后人对唐李、白、王、杜四大诗人的雅称。

七律·插秧（新韵）

点头赛过鸡啄米，退步犹学果老仙。
两手如梭织地绿，六条径线对人欢。
躬身面水祇秧瘦，曲背朝天倒影纤。
赤腿泥农辛四季，此时尤盼是丰年。

2016 年 5 月 6 日

七律·史鉴

改朝换代因贫富，历史循环是怪圈。
现实文明当正果，古今教训得修篇。
和谐社会先刑法，平等黎元限吏权。
制度护民财裕众，倡衡防腐治千年。

2016 年 5 月 13 日

七律·洪灾

天倾暴雨久成灾，街道行船路断开。
圩破田淹禾尽失，屋沉物毁畜同哀。
救危党政官先卒，抢险军民警共台。
苍患无情人有志，家园重建地重栽。

2016 年 7 月 6 日看安徽（含老家）、湖北等地暴雨成灾，惜之

七律·女排

婀娜多姿貌若仙，形亭玉立美长娟。
街闲腰摆风匀柳，场舞身旋电闪拳。
奋战巴西今折桂，劲传华夏梦明篇。①
群姑郎导乾坤动，十二登峰又世巅。②

2016 年 8 月 21 日闻我女排在里约奥运摘冠仓作

七律·春祈

——弗 · 罗伯特

今乐花丛毋虑远，丰收如否且欢颠。
素园娱昼灵幽夜，雅树群蜂鸟疾仙。③
长喙陨流悬卉立，上苍爱意导情虔。
彼求圣洁何遥处，但慕诸君尽力圆。

2016 年 9 月 28 日，随兴意译而已

附英诗原文：

A Prayer in Spring

–by Robert Frost (1874–1963)

Oh, give us pleasure in the flowers to–day;
And give us not to think so far away

---

① 该联后三字交叉对。

② “十二”，双意，十二年，十二人。

③ “娱”、“群”，动词性。

As the uncertain harvest; keep us here
All simply in the springing of the year.
Oh, give us pleasure in the orchard white,
Like nothing else by day, like ghost by night;
And make us happy in the happy bees,
The swarm dilating round the perfect trees.
And make us happy in the darting bird
That suddenly above the bees is heard,
The meteor that thrusts in with needle bill,
And off a blossom in mid air stands still.
For this is love and nothing else is love,
The which it is reserved for God above
To sanctify to what far ends He will,
But which it only needs that we fulfill.

七律·飞船

嫦娥飞月梦千年，箭破长空看现篇。
宫冷形孤无力返，舟驰人俩自由穿。
仙凡对接星丛过，地宇传输影眼前。
古幻成真今又是，中华民族再攀巅。

2016年10月17日神舟十二载人飞船成功升空而作

七律·故乡旧印

油灯如豆夜明光，田陌纵横日复忙。
童少鸡猪环饲伴，成人泥土鞠兴昌。
常年耕作图温饱，仲夏禾收踊国粮。[①]
偶立戏台寻自乐，山村貌陋笑中芳。

2016 年 10 月 27 日

七律·故乡习风

一家遇事四邻帮，不取分文或饭浆。
舟节有无通鸭蛋，交年多寡馈豚汤。[②]
路遗弗拾扃门异，夏夜安眠享露凉。[③]
鸡犬相闻天地小，乡风淳朴互牵肠。

2016 年 10 月 28 日

---

① 夏抢收抢种，抢送国粮，时俗称“交公粮”。

② 老家端午节俗吃酵面糕和咸鸭蛋等。吃咸鸭蛋的作用估计和挂艾叶相似。如有的人家不养鸭，则养鸭的人家会给他们送咸鸭蛋。又，那时农村自产自给且贫，小年夜前会杀猪备年。但不是每户人家都能杀得起猪的，实际上杀得起猪的人家少。这样杀猪的人家会把猪头、猪杂、猪血放一起熬肉汤，尔后一家一大碗地送给没杀猪的人家。

③ 指露宿打麦场。

七律·过客

云台高座昔怀馨，梦醒时分已鹤形。
虽是长江前后浪，更如东海往来萍。
今天尘事刚埃定，明日龙衙又换丁。
青菜白萝咸与淡，味逢其口即荤腥。

2016 年 11 月 13 日

七律·悼余旭

万里苍蓝一点红，战鹰轻驾跃长空。
须眉巾帼人中杰，闺阁英姿世上雄。
天降无情倾泪雨，地安贞魄久霓虹。
悼灵哀痛思原故，杜绝防微慰国忠。

2016 年 11 月 18 日

七律·行

日行万里非神话，夜过千山也实情。
高铁纵横疑地短，飞机来往惑天更。
城区轨道穿梭劲，乡野云途织网宏。
南北通衢驰客旅，东西将或翼人程。

2016 年 12 月 25 日

七律·又相逢

杯吞日月人生短，酒负乾坤史话长。
冬令未更东海貌，春风将换浦江装。
座间还是陈年客，箸上仍流旧色浆。
鬓角却添苍发白，觥筹交映谢同觞。

2017年元月12日记老同志辞旧迎新聚会

七律·老仆新宾

林下归闲已几春，桑田沧海倍思莼。①
蓬楼琼阁希知处，侧岭横峰望比邻。
无奈高帆云锁渡，尚欣低谷众疏津。
两强并合晞光现，始有今游旧仆宾。②

2017年4月11日第一次受邀参加“中远海运集运”老干部活动感赋

① “思莼”，同“思鲈莼”。见《世说新语·识鉴》:“张季鹰辟齐王东曹掾，在洛见秋风起，因思吴中莼菜羹、鲈鱼脍，曰:‘人生贵得适意尔，何能羁宦数千里以要名爵！’遂命驾归。”后被传为佳话，“莼鲈之思”也就成了思念故乡的代名词。此借指思故地。

② 指国内两大航运集团公司“中远”、“中海”合并。

七律・航母下水

国歌响处动人心，彩带香槟和笛吟。
缓缓巨龙惊碧水，巍巍舰体傲华音。
舾装有日纵横待，海发无垠捭阖森。
一梦千年今始现，护和利剑世欣歆。

2017 年 4 月 26 日记国产航母在连下水

七律・贺一带一路峰会

带路经方习总倡，四年实践显初煌。
五通化雨融心际，六业持风受惠航。
万国聚堂商大计，亿群翘首望隆昌。
和平发展繁荣共，举世双赢再普觞。

2017 年 5 月 15 日

七律・贺香港回归二十年

国土回归二十年，新颜旧貌两重天。
港人治港承资制，华夏兴华统社川。
百岁天残残已去，千秋云梦梦初圆。
试看今日香江水，润泽紫荆无比鲜。

2017 年 6 月 30 日

菩萨蛮·酒相（新韵）

杜康佳酿俗称酒，豪情愁绪皆宜口。
独饮意清寥，众欢桌漾滔。

早呈酣醉状，壮语铿锵响。
脚下已浮空，仍呼再两盅。

2014 年 8 月 18 日

鹧鸪天·微信杂经

近日微群好沸腾，政经天际做人铭。
彼刚倒罢国家事，俺又翻回世纪情。

奇看点，异聊横。烘烘闹闹炒新声。
微圈本是朋亲友，还是山谈不隙生。

2014 年 11 月 3 日

卜算子·护士

白帽白裙衣，走路行云起；
坐立亭亭貌正春，说话音宫徵。

谐美是心灵，待病还真挚。
手巧心聪艺也行，理合称天使。

2015 年 4 月 18 日住院时感觉护士总体不错，赞

水调歌头·问股

哪股有钱赚？祷告问苍天。
老兵新传、股市茫对不知然。
都说捞回百万，俺也心饥难忍，赶快把单填。
志满踌躇立，就要作钱仙。

稍观察，急投注，等红弦。
唉呀我的妈矣、怎是绿翩跹。
高士尽谈停涨，独俺狭逢下跌，此事太窝偏。
谁会教教我，银殿共婵娟？

2015 年 4 月 26 日

水调歌头·戏侃股市（新韵）

股市又腾涨，好似井喷泉。
老兵新手、一起博弈抱金砖。
昨已轻捞九百，今又巧淘一万，
明再赚八千。钞票如流水，信手把它拈。

大河满，沟渠淌，在人间。
中国股市、唯有慧眼看得穿。
政策引调经济，一带拓兼一路，粮草领行官。
亿众齐拼力，屈指点金山。

2015 年 4 月 28 日

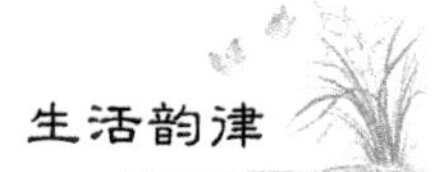

调笑令·钱（五首）（新韵）

一

钞票，钞票，男女生存首要。
千万百万不多，十捆八捆苦哥。
哥苦，哥苦，哪个见钱不顾。

二

钞票，钞票，君子取它有道。
凭智凭力获得，奉法奉公选择。
择选，择选，昧心银钿不敛。

三

钞票，钞票，贪官捞它带笑。
成千成万收脏，家里家外匿藏。
藏匿，藏匿。见光不亡也毕。

四

钞票，钞票，歹儿夺它如盗。

坑蒙拐骗失心，黄赌毒假断魂。
魂断，魂断，法剑高悬民善。

五

钞票，钞票，罪源福泉无照。
公平公正挣花，积善积德满家。
家满，家满，开开心心作汉。

2015 年 5 月 8 日

沁园春·小区赞

水碧桥横，波舞池清，岸绿柳行。
看花坛纵列，常年翠艳；草坪横错；四季青香。
鸟语声声，树丛郁郁，紧绕高楼衬褐墙。
宽行路，间林中小径，夏特清凉。

咖吧酒店书廊。超市小、材优买卖强。
配高球练地，篮乒会所；健身泳馆，琴画棋房。
体育文娱，居民趣乐，中外人家和睦乡。
河滨地，问嫣然谁饰，蓝白同襄。①

2015 年 8 月 14 日

---

① “蓝白”指蓝白领。

采桑子·贺友毛建良先生荣退（新韵）

足经南北东西路，阅尽繁华。
尝遍辛麻，岁月锵锵驰骏骅。

悄然花甲弗知晓，突享闲暇。
别样生涯，笑看人生迎晚霞。

2015 年 9 月 1 日

卜算子·春归（新韵）

街道突显宽，店铺人流少。
喧闹都城忽安宁，原是春节到。

千古中华情，最重团圆调。
劳岁终年返故中，乐坏全家小。

2016 年 2 月 2 日看街上人稀而发

采桑子·元宵夜一瞥

金蟾原本中天挂，奈被云屏。
烟火严惩，唯剩霓虹繁似星。

顽童仍把花灯戏，稚语盈盈。
陪妇婷婷，阅遍人间尽是情。

2016 年 2 月 23 日

鹧鸪天·剃头匠

左手持叉右夹刀，索型脑袋眼先挠。
心头暗把计谋定，手指轻将瓜顶牢。

刀迅落，剪飞跑。乱丝纷落四方抛。
青皮初露潘安出，洗净吹干非解庖。

2016 年 3 月 18 日理发时想到的

鹊桥仙·七夕

银河飞渡，鹊桥牵引，簪断今宵且笑。
一年一度苦相逢，怎无恨、天长地老。

仙途无欲，凡间有爱，燕舞莺歌多少。
金风玉露正佳时，怎愧对、男纯女好。

2016 年 8 月 9 日七夕晚

忆江南·辞旧迎新（二首）

一

辞旧岁，居里党群欢。
团舞独歌都魅丽，短吟长曲尽佳篇。
七十八零冠。

二（新韵）

春未到，区内已先欢。
数九寒天群意暖，楼一欢会众情翩。
此处胜人间。

2017 年元月 7 日记所在小区辞旧迎新联谊会

渔家傲·世事

世事纷纭难息扰，输赢争斗知多少。
绅士刁徒还共庙。时天祷，人生何处倾情笑？

浪里行舟凭舵效，心田静谧融烦恼。
浊酒一杯容万貌。修炼到，和中有贵千军扫。

2017 年 3 月 8 日

渔家傲·妇节

有妇居家方釜灶。孤男凡世孑然貌。
老少淑娇何窈窕。身娜袅，这边景色无穷好。

自古妇贤夫祸少，翁姑妯娌融庭耀。
更有英雄巾帼浩。放眼眺，半边天重今尤傲。

2017 年 3 月 8 日

浣溪沙·端午

一曲《离骚》载史箴，中华传统寓情深。
文辞清浊在人心。

投汨诗魂千岁祭，词骚护国万民钦。
奈何《天问》犯孤音。

2017 年 5 月 30 日端午

结束语

战战兢兢著律书，
字斟字酌握文躇。
叩贤稽首诚惶溢，
求识虔心敬畏余。
镂句意参平仄顺，
雕章旨考境情舒。
夫功虽下然毫拙，
愿彼宜君结暖庐。

2017 年 9 月 8 日于本书完稿时调七律